MUSEU DA AVENTURA
Passe livre permanente para
Ingresso
No. 0001
LEONARDO
MUSEU DA AVENTURA

Em *Quem vai decifrar o Código Leonardo?* você encontra, no envelope anexo à capa, o livro de enigmas, o rolo de código e o espelho decodificador.

O pequeno livro dos enigmas e o espelho decodificador ajudarão você a resolver as charadas! Sempre que um dos símbolos à esquerda (ou os dois) aparecer no livro, use o livreto ou o espelho. Você os encontra na pasta do Museu da Aventura. Nesse envelope você encontra também a coluna e os anéis para decifrar o Código Leonardo, além das instruções de como montá-los. Divirta-se solucionando os enigmas!

CIP-BRASIL. CATALOGAÇÃO NA FONTE
SINDICATO NACIONAL DOS EDITORES DE LIVROS, RJ

B859q

Brezina, Thomas, 1963-
Quem vai decifrar o Código Leonardo? / Thomas Brezina; tradução de Cláudia Abeling. - São Paulo : Ática, 2005
112p. : il. - (Olho no Lance. Museu da Aventura ; 1)

Tradução de: Wer Knackt den Leonardo Code?
Anexo: Pequeno caderno de enigmas, espelho decodificador e folha de papel para montagem

ISBN 978-85-08-09765-4

1.Da Vinci, Leonardo, 1452-1519 – Literatura infanto-juvenil. I. Abeling, Cláudia. II. Título. III. Série.

05-0894 CDD 028.5 / CDU 087.5

Título original: *Wer Knackt den Leonardo Code?*
Título da edição brasileira: *Quem vai decifrar o Código Leonardo?*

Site Thomas Brezina: www.thomasbrezina.com

Diretor editorial *Fernando Paixão*
Coordenadora editorial *Gabriela Dias*
Editor assistente *Emílio Satoshi Hamaya*
Preparador *Renato Potenza*
Coordenadora de revisão *Ivany Picasso Batista*
Revisoras *Andréa Medeiros*
Luciene Lima

Arte
Projeto gráfico (adaptação) *Marcos Lisboa*
Editora assistente *Cíntia Maria da Silva*
Editoração eletrônica *Moacir K. Matsusaki*
Assistente *Eduardo Rodrigues*
Estagiária *Beatriz Berto*

ISBN 978 85 08 09765-4 (aluno)
ISBN 978 85 08 09766-2 (professor)

2023
1ª edição
22ª impressão

Impressão e acabamento: Bercrom Gráfica e Editora

Av. Otaviano Alves de Lima, 4400 – CEP 02909-900 – São Paulo, SP
Atendimento ao cliente: 4003-3061 – atendimento@atica.com.br
www.atica.com.br

Thomas Brezina

MUSEU DA AVENTURA

Quem vai decifrar o Código Leonardo?

Ilustrações
Laurence Sartin

Tradução
Cláudia Abeling

editora ática

Leonardo

Leonardo da Vinci, italiano nascido em 15 de abril de 1452, não sabia apenas desenhar e pintar. Ele era também escultor, arquiteto, músico, cientista e engenheiro – e tinha alguns segredos, que você poderá descobrir neste livro.

Pablo

Pablo, cachorro nascido em 22 de outubro, numa caixa de desenhos vazia, entre duas pinturas antigas, gosta de tinta e de telas, e pinta com as patas. Ele adora doces e vai levá-lo diretamente para a aventura!

O que é o Código Leonardo?

Quem será aquele homem de queixo pontudo e testa alta? Seu rosto parece petrificado, o cabelo escuro e ralo está bem penteado para trás. Ele e sua acompanhante gorda se juntaram aos alunos da classe em que você estuda, mas ele mal piscou durante toda a visita ao pequeno museu particular.
Ele parece se interessar muito pouco pelo que o proprietário do museu, o senhor Tonatelli, está falando. Seus pequenos olhos escuros vasculham as salas, os quadros, as paredes e especialmente as portas.
– Leonardo da Vinci não foi somente um pintor extraordinário, mas também músico e inventor! – maravilha-se o senhor Tonatelli, abrindo os braços para cima, como se quisesse trazer o artista até lá num passe de mágica.
– O quadro mais famoso do mundo, a *Mona Lisa*, foi pintado por Leonardo, e também é dele a ideia do helicóptero. Olhem aqui, vejam este desenho!
O cachorrinho do proprietário do museu, que parece ter pisado em tinta fresca, segue cada passo de seu dono.
Atento, ele estica as orelhas como se conseguisse entender tudo. O homem do queixo pontudo pigarreia alto.
A mulher baixinha com a jaqueta de couro apertada demais, que está sempre ao seu lado, levanta as sobrancelhas, cheia de expectativa.

– Fale também sobre o Código Leonardo! – pede ao senhor Tonatelli o homem. Tonatelli retrai a cabeça como uma tartaruga que quer se proteger de um ataque.

– O Código Le... Le... Le... o... o... nardo? – gagueja. – O que é isso?

De repente sua voz mais se parece com um assobio agudo.

Será que ele está mentindo? Talvez esteja querendo esconder alguma coisa.

– E o que tem aí atrás dessa porta?

O homem aponta com seu longo dedo indicador para uma porta de madeira verde-musgo com maçaneta arqueada de latão e quatro cadeados.

– É só um quartinho de bagunça – responde o proprietário do museu, visivelmente evasivo. E se coloca na frente da porta para protegê-la. Disfarçadamente, ele aperta a maçaneta atrás de si para verificar se a porta está mesmo trancada.

Na expectativa, as narinas da acompanhante do homem do queixo pontudo se estufam como velas de barco. Subitamente, aparecem gotinhas de suor na testa, na meia careca e no lábio superior do senhor Tonatelli, que as enxuga rápido com seu lenço xadrez. Ele então abre os braços e empurra você e todos os seus colegas de classe como um limpa-trilhos até o salão, entre as colunas de pedra e em direção à saída.

– Espero que vocês tenham gostado da minha exposição sobre Leonardo da Vinci – ele encerra abruptamente a visita –, e que voltem em breve ao meu museu.

Vocês tropeçam nos degraus que levam até a rua. Quando você se vira, vê como o senhor Tonatelli também está querendo colocar o homem e a mulher para fora do museu.

O cachorrinho se mete entre as pernas largas e molengas da calça do proprietário do museu. A mulher se abaixa, arreganha os dentes e rosna para ele. Ela parece ser mais raivosa e assustadora do que um pastor-alemão. Assustado, o cachorrinho dá um ganido e se esconde novamente atrás do dono. Um sorriso satisfeito, malicioso, se abre no rosto da mulher. O homem de queixo pontudo fica medindo vocês com o olhar. Nisso, os olhos dele e os seus se encontram. Parece até que ele consegue enxergar sua mente e ler seus pensamentos. É um alívio quando ele se vira e empurra a pesada porta do museu, fechando-a por dentro. Ela bate e faz o barulho de um trovão.

A aula terminou por hoje e vocês podem voltar para casa. Amanhã vocês vão conversar sobre a visita ao museu e, é claro, também sobre Leonardo da Vinci.

Por fora, o museu agora parece silencioso e tranquilo.

Mas por que esse casal estranho apavorou tanto o senhor Tonatelli?

E o que estará acontecendo atrás daquela imponente porta de entrada?

Pablo

De repente, o cãozinho com as patas coloridas e a mancha marrom em volta do olho direito está na sua frente. Ele abana o rabo e arranha sua perna.

O nome dele está escrito na chapinha da coleira: Pablo. Quando você fala com ele, seu rabo gira como a hélice de um helicóptero.

Pablo cutuca você com o nariz úmido e gelado. Ele estica em sua direção a tirinha de papel amarelado que carrega na boca. Você estica a mão e ele solta o papel, que é áspero, grosso e duro.

... está escrito.

Do nada vão aparecendo letras que parecem escritas por uma mão invisível. O seu nome se forma diante dos seus olhos.

É verdade que você estava a caminho de casa, mas agora você esquece o almoço. As letras no ingresso tornam-se brilhantes e ofuscam, como se quisessem atraí-lo.

Pablo sai na frente. Impaciente, ele se vira em sua direção.

Seu latido soa como se estivesse dizendo: – **Vamos logo!**

Não há outra coisa a fazer a não ser segui-lo.

A aventura começa

Pablo guia você até a frente do prédio de três andares com muitas janelas altas e uma grande porta de madeira, reforçada por largas tiras de ferro e parafusos grossos. A porta está trancada como antes, quando você foi embora.

Excitado, ele vai saltando os degraus e torna a latir para você.

Você para um pouco e observa a fachada. Do telhado, dragões alados com caretas bocudas estão de vigília. Nem um só ruído escapa da casa.

Será que Pablo veio chamá-lo? E para que serve esse ingresso do **MUSEU DA AVENTURA**? Você nunca viu esse nome antes!

Você escuta um chiado agudo, fino. Sobre o portão, cobras esguias e brilhantes saem rebolando do muro. Mexendo as línguas rapidamente, elas de repente olham para baixo e o veem, antes de começarem a se curvar e ondular. Seus corpos longos desenham letras.

Ao mesmo tempo, todas as janelas se abrem, fazendo barulho.

Isso não pode estar acontecendo!

Da janela ao lado da porta, uma mulher acena para você. É a **MONA LISA**!

Esse rosto só existe num quadro, que foi pintado há centenas de anos! Como essa mulher ainda pode estar viva?

Da outra janela, vai surgindo uma looooooooooooonga asa. Ela o faz lembrar daquelas asas-deltas com as quais as pessoas voam livremente a partir das montanhas, mas esta aqui é feita de madeira e tecido.

Uma segunda asa aparece em seguida, e você percebe que há um garoto no corpo desse pássaro artificial. Ele se equilibra no parapeito e parece querer pular para baixo com a máquina de voar!

Será que ele é maluco? Se cair, vai bater no chão duro e poderá se machucar muito!

Numa outra janela, um homem de longos cachos grisalhos coloca sua cabeça para fora.

– Quem lhe deu permissão para entrar na minha câmara secreta, Salaino? – ele pergunta, enérgico.

– Eu quero voar, mestre Leonardo! – o garoto diz rindo, cheio de alegria.

– Você tem de misturar as tintas! – esbraveja o homem.

Leonardo? Mestre Leonardo?

Isso é impossível. Isso é totalmente impossível!

Primeiro a Mona Lisa de verdade acena e, como se isso ainda fosse pouco, agora você vê Leonardo da Vinci. Ele já morreu faz tempo.

– ***SOCORRO*** – ouve-se de dentro da casa.

E mais uma vez: – ***SOCORRO***.

Pablo, parado na frente da porta de entrada, está arranhando a madeira dura com as duas patas. Ele late e gane, vira a cabeça em sua direção e late ainda mais alto, chamando você.

Como você continua imóvel, ele desce as escadas correndo e pula em você por trás, para empurrá-lo na direção da porta.

Venha! Precisamos de você!

Nada acontece quando você abaixa a maçaneta. A porta está trancada por dentro. Ao seu lado, Pablo pula como uma bolinha de borracha, para cima e para baixo, e mostra com o focinho o ingresso na sua mão.

O que você tem de fazer com isso?

O cachorro bate de novo na porta com a pata dianteira vermelha. Será que é para você apresentar o ingresso? Tente!

O Museu da Aventura

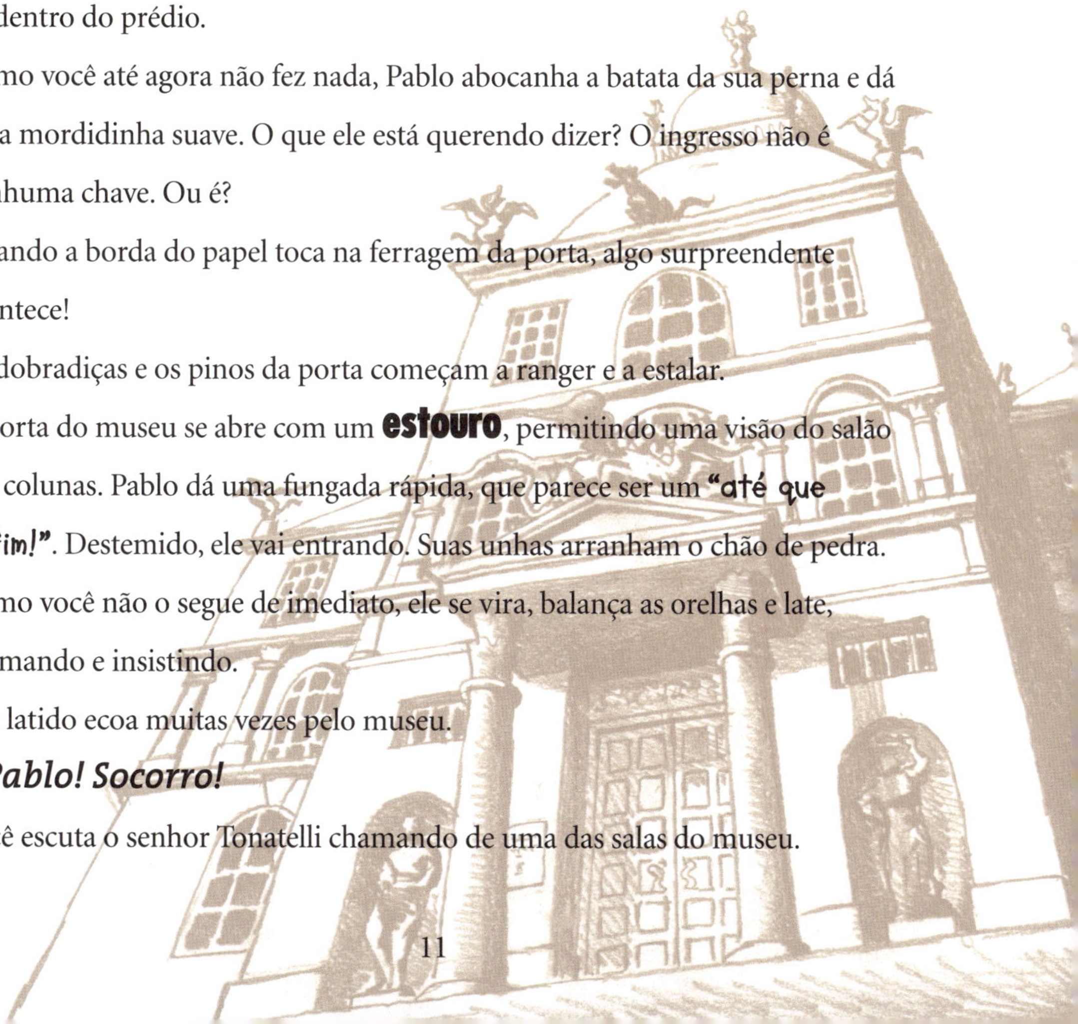

– ***Por favor, não faça isso!*** – implora a voz desesperada do senhor Tonatelli, de dentro do prédio.

Como você até agora não fez nada, Pablo abocanha a batata da sua perna e dá uma mordidinha suave. O que ele está querendo dizer? O ingresso não é nenhuma chave. Ou é?

Quando a borda do papel toca na ferragem da porta, algo surpreendente acontece!

As dobradiças e os pinos da porta começam a ranger e a estalar.

A porta do museu se abre com um **estouro**, permitindo uma visão do salão das colunas. Pablo dá uma fungada rápida, que parece ser um **"até que enfim!"**. Destemido, ele vai entrando. Suas unhas arranham o chão de pedra.

Como você não o segue de imediato, ele se vira, balança as orelhas e late, chamando e insistindo.

Seu latido ecoa muitas vezes pelo museu.

– Pablo! Socorro!

Você escuta o senhor Tonatelli chamando de uma das salas do museu.

Uma porta bate em algum lugar. Você ainda está na frente da porta de entrada, e por isso consegue visualizar as figuras que estavam nas janelas que, de transparentes, transformam-se numa névoa pálida. Ao mesmo tempo, escuta-se uma voz de mulher no museu:

– A porta fica aberta, entendeu?

Daí se escuta um rangido, que mais parece um grito. No momento seguinte, as figuras de névoa das janelas retomam sua cor e forma. O que está acontecendo aqui?

Pablo volta até você, aperta as patas dianteiras com força contra o chão e abaixa a cabeça. Ele toma bastante fôlego e em seguida late tão alto, mas tão alto, de um jeito que você nunca ouviu um cachorro latir antes.

Ele quer lhe mostrar alguma coisa. Como espiões, vocês se esgueiram para dentro do museu e, colados à parede, descem o corredor. Pablo para, e seu focinho ultrapassa com cuidado o batente de uma porta. Você também está espreitando, escondido. No canto mais escondido do museu, o senhor Tonatelli está acocorado no chão e, com uma das mãos, segura a perna. Na outra mão está seu lenço xadrez, com o qual enxuga as gotinhas de suor do rosto. Ele está sentindo fortes dores, mas se segura para não gritar. A mulher da jaqueta de couro apertada tirou o desenho do helicóptero de Leonardo da moldura, e agora o segura, com os dedos esticados, para o alto. Na outra mão, segura um crânio prateado. Ela o aperta; ele faz um barulho e uma chama surge da boca. O crânio é um isqueiro. A mulher traz o desenho cada vez mais para perto da chama.

– Não, a senhora não pode fazer isso! – implora o senhor Tonatelli. – Foi Leonardo quem fez esse desenho. Ele é autêntico e único.

A mulher nem se abala. Ela retorce a boca até formar um sorriso largo, que mostra duas fileiras de dentes acinzentados.

– O que o senhor sabe sobre o Código Leonardo?

Sua voz é cortante como o barulho de um motor de dentista. O senhor Tonatelli não responde. Pablo vira a cabeça para a porta verde-musgo...

Ela está aberta!

Do quarto atrás dessa porta vêm vozes e cheiro de peixe. O cheiro cessa de repente, e o homem do queixo pontudo passa pela porta. Ele é dois palmos mais alto que a mulher e olha com desprezo para o senhor Tonatelli. Seus cabelos escuros não estão bem penteados para trás como antes. Alguns fios se emaranham na testa.

– Seu penteado, doutor – a mulher o avisa.

Com um movimento nervoso das mãos, ele puxa um espelhinho e um pente do bolso e alisa os fios para trás de maneira enérgica.

– Devo?

A mulher balança a chama mais para perto do desenho do helicóptero.

O senhor Tonatelli geme.

– Deixe pra lá, dona Malva! – ressoa a voz do homem, fria como um bloco de gelo. – Nós já temos o que precisamos.

Ele pega um papel com letras miúdas no bolso interno de seu casaco e o estuda rapidamente. – **Eu já conheço a passagem para o tempo de Leonardo. Mas vamos levar as chaves conosco.**

– O senhor é que manda, doutor Malfatto.

Dona Malva deixa o desenho cair de qualquer jeito, arranca as chaves da porta verde-musgo, lança um olhar triunfal em direção ao senhor Tonatelli e se mete na sala ao lado.

– Não canso de admirar sua esperteza, doutor – vocês escutam ela sussurrar.

O homem pigarreia envaidecido.

– Fique junto de mim, Malva.

– Será um prazer.

Depois de alguns passos, os dois param.

– Agora, incline-se para a frente – ordena o doutor. Ouve-se um barulho curto, agudo, de aspiração, como se alguém tivesse ligado e imediatamente desligado um aspirador superpotente. ***O que aconteceu?***

O senhor Tonatelli suspira abatido, como se tivesse acabado de sofrer uma pesada derrota. Pablo corre latindo até seu dono, que ainda está sentado no chão, e lambe os braços e o rosto do homem. Você dá alguns passos para dentro da pequena sala. O senhor Tonatelli levanta o rosto e, quando o vê, sua expressão se desanuvia. ***– Então é você quem Pablo foi buscar!*** – diz, aliviado. – Ele deve achar que você pode nos ajudar, e meu Pablo nunca se engana.

O quê? Como?

– Não posso chamar a polícia. É que ninguém pode saber do segredo do meu museu!

O que está acontecendo aqui?

– Tranque essa porta verde, por favor, feche-a!

Você faz o que ele lhe pediu. Nisso, você consegue dar uma espiada no quarto antes de fechar a porta. É um cômodo com paredes cheias de quadros. Pinturas de homens sérios estão penduradas lado a lado. Apesar de não ter outra saída, o cômodo está vazio. Dona Malva e o doutor Malfatto sumiram. Sem deixar pistas!

Mas para onde?

A Sala Mágica

– Ajude-me a levantar!

O proprietário do museu estica os braços em sua direção. Ele é bem gordo e está bastante ofegante.

– Aquela baleia me empurrou para longe da porta – ele conta, com os dentes cerrados. – Nisso, torci o tornozelo.

Ele se apoia, pesado, em seu ombro, e sai da sala mancando até o corredor. De volta ao salão das colunas, vocês passam por uma porta estreita e seguem até um quartinho com prateleiras que vão até o teto. Elas estão entupidas de livros, caixas, folhas e pastas. Embaixo de uma montanha de papéis, dá para adivinhar que existe uma escrivaninha pintada de marrom avermelhado. Atrás dela há um cofre de ferro daqueles antigos, com puxador redondo. Está aberto.

– Eles me obrigaram a abrir o cofre e entregar-lhes o Código Leonardo – queixa-se o senhor Tonatelli. Sob as espessas sobrancelhas cinzas, seus olhos azuis soltam faíscas. – Mas eles estão apenas com uma cópia.

Ele se dirige com esforço para trás da escrivaninha e se esparrama numa cadeira giratória estofada. A mão direita fica mexendo embaixo do assento.

O que ele está fazendo?

– Escondi o original aqui! – ele confessa com um sorrisinho astuto, enquanto pega um livreto já bem manuseado, menor que sua mão.

Ele entrega o livreto para você. A capa é de um couro engordurado; as páginas, de um pergaminho quebradiço. ***– Eles estão registrados aqui*** – ele informa, solene.

– Os sete enigmas que você tem de resolver para decifrar o Código Leonardo.

Pablo sobe de um pulo no colo do dono, que dá um gemido, e se aninha lá como se fosse um gatinho.

O senhor Tonatelli acaricia suas orelhas carinhosamente.

O cão e seu dono têm algumas coisas em comum:

os dois cheiram a tinta a óleo e têm manchas de tinta.

– Solucione os enigmas! Você precisa conseguir antes que o doutor Malfatto e aquela baleia cheguem na nossa frente. Eles não podem abrir o cofre de pedra.

A cara de ponto de interrogação que você faz lembra ao dono do museu que há algumas coisas a explicar. Com os polegares, ele puxa para a frente os suspensórios.

– Este museu era do meu bisavô – começa. – Ele queria abrir o Museu da Aventura para o público, mas nunca o fez; foi ele quem construiu a Sala Mágica.

Como assim, Sala Mágica?

– Ela fica atrás da porta verde-musgo. De lá, você pode ir visitar os artistas no tempo deles. Basta olhar para o quadro do artista. Agora, ande logo! ***Encontre Leonardo! Só ele pode ajudar a solucionar os enigmas!***

Tudo isso parece uma maluquice sem-fim. Mas com sabor de aventura.

– Pablo vai acompanhá-lo. Ele é corajoso e esperto, fareja o perigo; mas se esconde quando as coisas complicam!

O cachorro com as patas coloridas abaixa as orelhas e esconde a cabeça atrás da mesa, como se estivesse envergonhado.

– Ele é o melhor amigo que você poderia querer – Tonatelli se apressa em acrescentar, e Pablo levanta as orelhas. – E também é louco por pinturas, balas de goma e chocolate.

Ao ouvir a palavra **CHOCOLATE**, Pablo solta um ganido de alegria e lambe o focinho.

O senhor Tonatelli tira de uma gaveta três pequenas bolinhas de chocolate: uma para você, uma para Pablo e uma para ele mesmo. Mas o proprietário do museu também pega outra coisa da gaveta. É um pequeno espelho.

– Isto aqui vai ser útil para você.

Agora você tem o livreto e o espelho nas mãos.

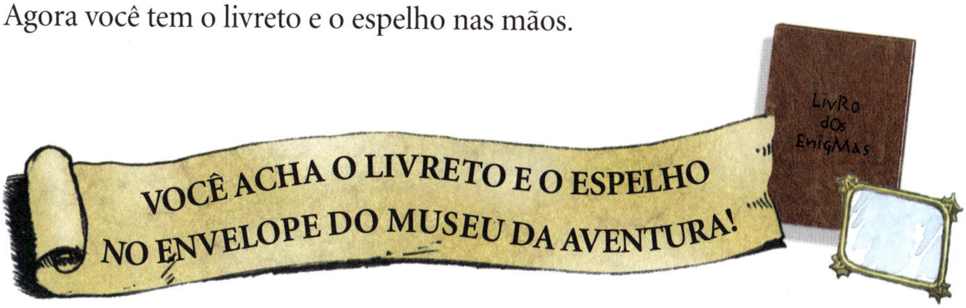
LIVRO DOS ENIGMAS
VOCÊ ACHA O LIVRETO E O ESPELHO
NO ENVELOPE DO MUSEU DA AVENTURA!

O livreto contém ilustrações, esboços e textos. Parece um caderninho de anotações todo preenchido. Mas você não consegue ler nada.

– Use o espelho para ajudar! – o senhor Tonatelli insiste, impaciente.

– O grande Leonardo preencheu centenas desses cadernos de notas – explica. – Todos com as letras espelhadas.

O livro é de Leonardo da Vinci?

– Não, do meu bisavô! Mas explicar isso vai demorar muito. Vocês precisam ir!

O senhor Tonatelli os expulsa do escritório minúsculo.

– Feche a porta verde-musgo atrás de vocês! – ele ainda diz para você. – Senão a Mona Lisa e o Leonardo vão olhar pela janela de novo. E vá rápido! Você precisa conseguir. **Você é minha última esperança!**

Será que você já passou por algo tão doido assim antes?

Pablo implora por mais uma bolinha de chocolate, e em seguida está ao seu lado.

Dê uma olhada no livreto durante o caminho até a Sala Mágica! Leia o primeiro enigma!

O que significa isso?

Pablo está com uma ruga de preocupação na testa.

Mesmo se ele soubesse falar, não saberia a resposta. Ou saberia?

Após puxar a porta verde-musgo, vocês estão de frente para a sala comprida. As paredes são revestidas por um veludo de cor clara, e as imagens dos artistas estão emolduradas em dourado. Um retrato de Leonardo também deve estar pendurado aqui, com certeza.

Mas como você vai encontrar Leonardo?

Deixe para pensar nisso depois!

Primeiro você precisa encontrar o retrato dele.

Nenhum dos quadros tem uma plaquinha dizendo quem é quem.

Qual retrato poderia ser o do famoso Leonardo?

LEONARDO ESTÁ PINTADO EM QUAL QUADRO?

No quadro de número três.

Quem está caçando rostos interessantes?

A voz do senhor Tonatelli ecoa pelos corredores:

– Você só precisa olhar nos olhos de Leonardo para a viagem começar!

O homem do quadro três observa você de um jeito sério. Esse é Leonardo da Vinci! Como diz o enigma, um homem que não sabia apenas pintar. O que mais ele sabia fazer?

Olhe nos olhos dele.

Nos olhos.

Os olhos.

Olhos.

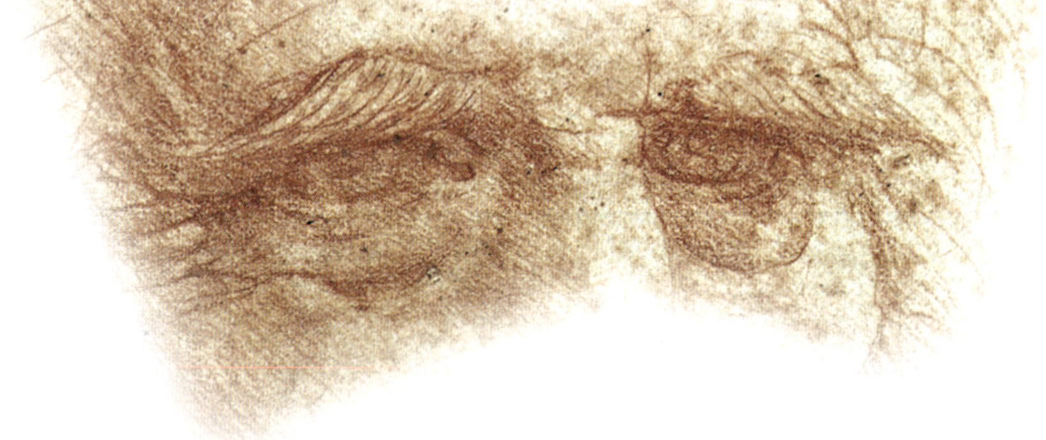

O rosto de Leonardo rodopia cada vez mais rápido, formando um longo funil para trás. Um vento forte bate nas suas costas e o empurra na direção do quadro rodopiante. Uma sucção muito forte, como a de um tornado, atinge você e o suga para dentro do quadro. Você escuta o mesmo chiado de quando a dona Malva e o doutor Malfatto sumiram.

Parece que você está na montanha-russa de um parque de diversões. Muito rapidamente, o que está em cima fica embaixo, o que está à esquerda fica à direita e você vai sendo puxado cada vez mais para baixo. Seus ouvidos são só marulhos e trepidações.

Aaaaaaaaaaaaaaaaaaaaaaaaaaaaaaaaaaaaaaaaaaaaaaaaa!

O barulho cessa, e você aterrissa de quatro. Seu nariz está cheio de pó, você espirra bastante. Uma carroça passa sacolejando muito perto de você. Por um triz a roda de madeira não passa por cima da sua mão. A carroça é toda de madeira e range como se fosse desmontar a qualquer instante. Você percebe que há alguém do seu lado, e vai subindo o olhar pelas calças cinza-amarronzadas até um rosto que lhe parece conhecido. O rosto é de um homem que está desenhando alguma coisa com um tipo de giz vermelho, numa prancha de madeira.

– Bom dia, senhor Leonardo! – cumprimenta uma jovem carregando uma cesta cheia de limões. – Caçando de novo?

Ao lado dela está Leonardo da Vinci. Mas o que a garota quer dizer com "caçando"?

– Sempre à procura de rostos interessantes para meus quadros! – responde Leonardo para ela, sem interromper o desenho.

Leonardo o percebe enquanto você está se levantando:

– De onde você vem? Caiu do céu? – pergunta, continuando a desenhar.

O que ele está desenhando?

Você consegue dar uma olhada na prancha. Ele a cobriu com um papel áspero e esboça um homem com traços rápidos, seguros.

Quem Leonardo está desenhando?

O peixeiro.

Quem foi Leonardo?

Pablo o cutuca, impaciente, com o focinho. O que ele está querendo? Ele balança as orelhas na frente dos olhos, como se não conseguisse compreender tanta demora. Movimenta a cabeça em direção ao lugar onde Leonardo está sentado, desenhando. Quer dizer: estava sentado, desenhando.

Ele sumiu!

Outra vez duas carroças passam sacolejando, uma carregada até a boca com melões maduros, a outra com rolos de tecidos de cores vibrantes. A carroça dos melões para exatamente na frente de vocês. Pablo sai correndo em volta dela. Você escuta um ganido curto, assustado, seguido de um rosnado muito bravo. Pablo vai indo para trás com o traseiro levantado e as costas curvadas. Seu pelo curto está todo eriçado nas costas, parecendo uma escova.

Ele sai assim abaixado, o olhar fixo no que está à sua frente. Mas o que ele está vendo?

DR. MALFATTO E DONA MALVA!

Com seu terno cinza de dois botões, o doutor Malfatto parece um extraterrestre aqui no mercado.

No tempo de Leonardo, as pessoas se vestiam de um jeito diferente.

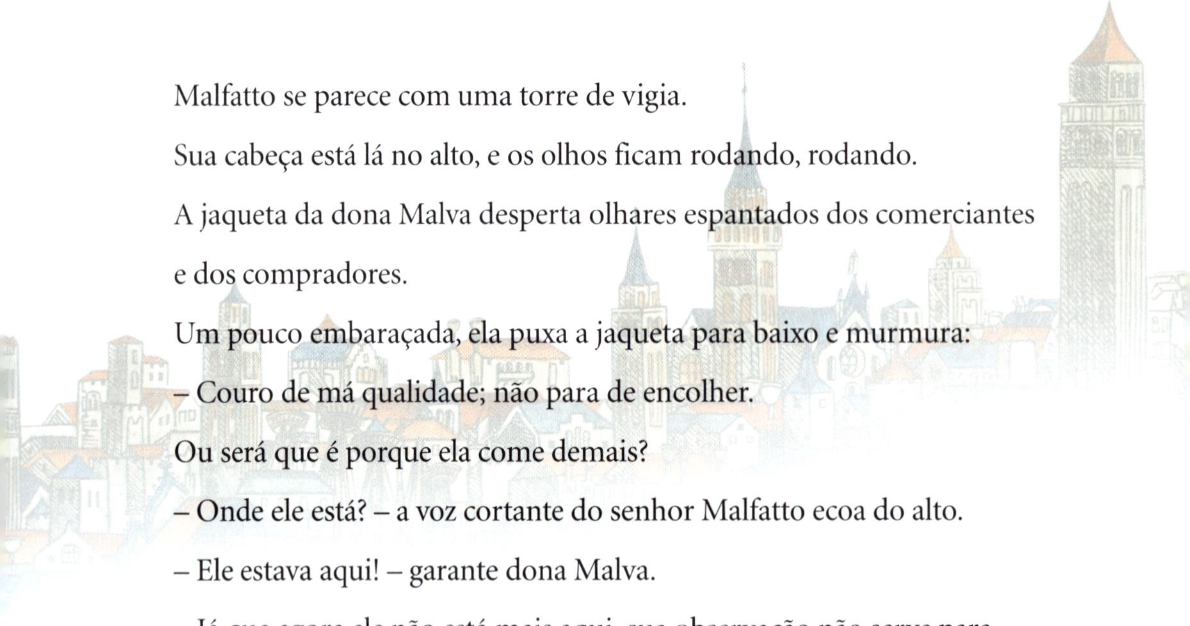

Malfatto se parece com uma torre de vigia.

Sua cabeça está lá no alto, e os olhos ficam rodando, rodando.

A jaqueta da dona Malva desperta olhares espantados dos comerciantes e dos compradores.

Um pouco embaraçada, ela puxa a jaqueta para baixo e murmura:

– Couro de má qualidade; não para de encolher.

Ou será que é porque ela come demais?

– Onde ele está? – a voz cortante do senhor Malfatto ecoa do alto.

– Ele estava aqui! – garante dona Malva.

– Já que agora ele não está mais aqui, sua observação não serve para nada! – Malfatto retruca, ríspido.

– As pessoas ficam encarando a gente! Será que eu devo dar umas pancadas em alguém?

– Menos, Malva, menos! – ordena Malfatto.

Dona Malva enrijece imediatamente os ombros e projeta o queixo para a frente.

– Perdão. O senhor está repleto de razão, doutor.

Arrogante, Malfatto concorda, rindo.

– Precisamos adaptar nossas roupas aos costumes dessa gente.

– O senhor tem dinheiro que dê para usar aqui?

Malfatto levanta uma sobrancelha: – Tenho outra coisa.

O que ele quer dizer com isso? Soa perigoso!

Sem dizer nada, ele dá meia-volta e segue a carroça com os rolos de tecido.

Dona Malva vai atrás, toda desengonçada.

Pablo levanta rapidamente o olhar para você, dá um breve e baixo AU e segue na mesma direção. A você, só resta acompanhá-lo.

Mas você não chega longe. Uma parede de couro marrom, todo manchado, está obstruindo o caminho. Quando você levanta a cabeça, enxerga um rosto anguloso. Você está sendo minuciosamente observado por um par de olhos apertados. O couro marrom é um avental de trabalho, e o homem na sua frente, um ferreiro. Nas mãos, ele balança uma marreta pesada como se ela fosse uma colher.

– De onde você vem? – ele rosna desconfiado para você. – Você está vestido totalmente diferente de nós, habitantes desta cidade!!!

O que você deve responder?

- ***Um quadro me engoliu, lá no Museu da Aventura!***
- ***Estamos visitando o mestre Leonardo!***
- ***Caí do céu!***

O que você diria?

Não irrite o ferreiro. Diga algo que ele esteja esperando.
Que você quer visitar Leonardo!

O ferreiro aprova, levantando as sobrancelhas de taturana.

– O mestre Leonardo é um homem muito forte, ele consegue dobrar uma ferradura só com as mãos!

O ferreiro coloca a marreta nos ombros, vira as costas para você e vai embora. Puxa, essa foi por pouco!

Você estica o pescoço e tenta achar Malfatto e Malva. Ambos sumiram no meio da multidão da praça do mercado. Será que está indo tudo bem?

Que tal você falar com Leonardo? Quanto mais rápido você conseguir decifrar o Código Leonardo, melhor.

Leonardo? Mestre Leonardo? Um homem tão grande e elegante. Imponente!
Sei como decifrar suas anotações sem um espelho. Vire o papel do avesso e leia contra a luz.
Ele também sabe compor e canta maravilhosamente bem. Ele construiu seu instrumento preferido com a forma de um cavalo.
Meu nome é Salaino. Moro com Leonardo. Se você me der seus sapatos, eu o levo até lá.
Cuidado! Salaino é um ladrão. Ninguém sabe por que Leonardo acolheu justo um moleque assim.

Salaino realmente roubou algo. Mas de quem?

É a bolsa de moedas da vendedora de frutas.

O instrumento preferido do mestre

No caminho para a casa de Leonardo, Salaino fica jogando o saquinho de couro marrom para cima. Ele o apanha com destreza, e a cada vez que isso acontece você ouve um leve tilintar de moedas.

Alguém os segue. Cuidadosamente, você olha por sobre os ombros e reconhece a camponesa que estava vendendo maçãs no mercado. Com um movimento de cima para baixo, como uma ave de rapina, a mão dela arranca a bolsa de moedas de Salaino. A outra mão pega-o pela orelha.

– Vou contar ao mestre Leonardo! – ela ameaça. E olhando severamente para você, acrescenta: **– E, para os seus pais, vou dizer que você está andando com esse ladrãozinho.**

Salaino se contorce, o rosto todo deformado de tanta dor. Ele toma impulso e chuta a canela da mulher. Assustada, ela solta a orelha dele, e Salaino corre como se alguém o tivesse espetado com uma agulha em brasa. Agora a mulher das frutas quer agarrar você. Corra!

Assim vocês chispam por ruelas escuras e estreitas: Salaino, Pablo e você. Salaino conhece bem os caminhos, dobra as esquinas voando, desaparece nos portões, pula muros e cercas, atravessa quintais e, finalmente, entra numa casa escalando a janela.

Ui! Correr descalço pelas ruelas poeirentas e cheias de pedras dói um bocado. Você e Pablo seguem Salaino e acabam num quarto do tamanho de uma sala de aula. Embora lá fora o sol esteja brilhando, nesse cômodo amplo está quase noite.

Vocês estão no lugar certo. É a casa de Leonardo. O grande mestre está curvado sobre uma escrivaninha e trabalha num desenho. Será um mapa? Um projeto? Um esboço? Há vários desses desenhos pelo chão e sobre a mesa. São todos de instrumentos musicais. Mesmo os já montados estão jogados por lá. Enquanto você observa fascinado, Salaino o cutuca com o joelho:

– O mestre pensou em todo tipo de instrumento – ele sussurra no seu ouvido. Até ele está impressionado.

– Qual é o instrumento preferido dele? – você pergunta a Salaino em voz baixa, mas não recebe nenhuma resposta. Ele se esgueira até um tipo de tambor e pega a baqueta. Quer dar um susto em Leonardo com uma batida bem forte no tambor.

Pablo sai correndo e pula para pegar a baqueta de Salaino.

Habilmente tira-a da mão do garoto e sai correndo. O capetinha do Salaino vai atrás dele.

Mas vamos voltar ao primeiro enigma: a qual instrumento o enigma se refere? Não foi o músico quem disse no mercado que o instrumento preferido de Leonardo tem a forma de um cavalo?

EIS AQUI A SOLUÇÃO DO PRIMEIRO ENIGMA!

Observe Leonardo com atenção no *Livro dos enigmas*.
Olhe para as mãos dele.
Há algo a ser descoberto ali. O quê?

Ele estava desenhando e escrevendo com a mão esquerda.

O antiquíssimo cofre de pedra

Sem levantar o olhar, Leonardo pergunta: – Salaino, o que você está fazendo? Já misturou as tintas como eu tinha pedido?

A palavra TINTA tem o mesmo fascínio que CHOCOLATE aos ouvidos de Pablo. Ele é doido por cores, gosta de ficar farejando-as, e o que mais adora é colocar as patinhas nas latas de tinta e depois pular na tela branca. Pablo é talvez o único cachorro do mundo apaixonado por pintura. Por isso, interrompe a brincadeira com a baqueta e senta, obediente, ao lado de Leonardo. E candidamente pisca para ele.

– Quem é você? – Leonardo para o que está fazendo e, sorrindo, observa o cachorro com as patas coloridas. Logo ele também vai notar você, mas o que vai acontecer se ele perguntar de onde você vem? O que você vai responder?

Batem na porta três vezes, **TOC... TOC... TOC**. A batida não é a de um chamado de urgência. Alguém usa os nós dos dedos e demora entre uma batida e outra.

– Por favor, vá abrir, Salaino – diz Leonardo. Mas a casa permanece em silêncio. Parece que Salaino tornou a dar umas bandas por aí. Da sua posição, atrás de uma coluna larga, você consegue enxergar a porta. Leonardo se levanta com um suspiro profundo e vai abrir a porta ele mesmo.

Embora estejam usando roupas da época, é impossível não reconhecê-los: dona Malva e doutor Malfatto! Malva puxa e repuxa a própria saia, que é bem menor do que o seu número.

– Moda incômoda. Tudo apertado demais! – ela xinga em voz baixa.

– Que desejam? – Leonardo cumprimenta. Dá para perceber que ele quer voltar ao seu desenho.

– Grande mestre – doutor Malfatto se desmancha em cortesia. Seus olhinhos penetrantes passam por cima dos ombros de Leonardo e radiografam o quarto. A coluna é bem larga, mas não esconde tudo. Você tem alguns segundos antes de o doutor Malfatto descobri-lo. O que ele fará então? Dizer quem você é? Culpá-lo ou dar queixa de você, para que você, quem sabe, seja jogado numa prisão e nunca mais cruze o caminho dele?

Aconteceu! Dona Malva viu você. Os olhos dela são duas fendas estreitas, iradas. Ela cutuca o doutor Malfatto com o cotovelo, para mostrar você a ele. Ele se curva irritado na direção dela e ela sussurra algo.

O que você vai fazer?

Nesse momento, a coluna à sua frente se transforma num pão de ló. Parece que ela não é mais feita de pedra dura, mas de massa macia, batida na velocidade máxima da batedeira. Surge uma forte sucção, que o carrega junto. Não dá mais tempo de escapar, você é pego e engolido pelo redemoinho. Durante alguns segundos você fica girando em redor de si mesmo, como se estivesse dentro de uma máquina de lavar roupa. Um barulho de tempestade ecoa nos seus ouvidos. Seus pés tocam novamente o chão, o barulho cessa.

O cheiro de tinta, argila úmida e madeira queimada que pairava no ar na casa de Leonardo sumiu. Agora o aroma é de limão. Um cheiro forte de limão. De algum produto de limpeza.

INACREDITÁVEL!

Você voltou para a sala dos quadros com molduras douradas.

Apoiando-se com a mão numa vassoura, o senhor Tonatelli está à sua frente; a outra mão está sobre o retrato de Leonardo.

Ele percebe a cara de ponto de interrogação que você faz.

– O quadro me mostra o que você está fazendo no passado. Para trazer você de volta, preciso virá-lo – explica.

O dono do museu olha para os seus pés e os vê descalços.

– Onde está Pablo? – ele quer saber. Pablo ficou com Leonardo. Com certeza ainda está sentado ao seu lado. Com um gesto de despreocupação, o senhor Tonatelli diz: – Não acontecerá nada com ele, pois Pablo sabe se defender. Mas o que você descobriu?

Uma porção de coisas. Você pode contar a ele a solução do primeiro enigma.

Tonatelli se mostra satisfeito: – Vamos logo ajustar isso no cofre de pedra.

Ele sai mancando sem dar maiores explicações, e usa a vassoura como bengala.

Ofegante, ele guia você até uma câmara escura no final do corredor.

Uma lâmpada pende do teto. O pó dança no ar quando a luz se acende.

O cheiro é o de uma mala que ficou muito tempo guardada no porão. Caixas de madeira se amontoam, tapetes de juta enrolados estão jogados para lá e para cá e, no meio disso tudo, há uma coluna cinza. Ela está sobre uma mesa redonda e passa uma impressão que o deixa boquiaberto.

Você nunca viu uma coluna assim, formada por anéis sobrepostos. Na parte inferior há uma grossa placa de pedra; o topo é fechado por uma espécie de pirâmide. Símbolos, sinais, números e letras estão entalhados e pintados com tinta escura nos anéis.

O que é isso?

– Também pertenceu ao meu bisavô!

O senhor Tonatelli espana a estranha torre com seu lenço xadrez e, quando uma nuvem cinza de pó começa a subir, afasta-se para o lado.

– ***É um tipo de cofre*** – diz ele, apontando os anéis. – Temos de decifrar o Código Leonardo e ajustá-lo aqui.

Com o dedo, ele mostra um risco na base e outro na pirâmide, alinhados verticalmente. – Quando os sete sinais corretos estiverem alinhados aqui, a pirâmide poderá ser levantada.

Mas o que há lá dentro?

– Meu bisavô não contava para ninguém. Ele só dizia: o tesouro de Leonardo – Tonatelli começa a espirrar, porque a poeira entrou no nariz.

Refeito dos espirros, ele resmunga:

– Temo que seja algo terrível. Talvez o projeto de uma arma. É que Leonardo também inventou máquinas de guerra. Há algum tempo, li no jornal que esse doutor Malfatto lida com venenos e também inventa armas.

Agora está claro por que ele não pode, de modo algum, ser o primeiro a decifrar o Código Leonardo e a abrir o cofre.

O senhor Tonatelli deixa a vassoura cair, e com ambas as mãos segura o anel inferior. – O que eu devo ajustar? – ele quer saber de você.

VOCÊ TAMBÉM TEM OS ANÉIS DO COFRE DE PEDRA. MONTE-OS CONFORME INDICADO NA FOLHA DENTRO DO ENVELOPE.

O anel raspa e range ao ser girado. Tonatelli fica todo vermelho de tanto esforço. Fungando, diz mais para si mesmo: – Talvez haja uma outra coisa dentro do cofre, algo muito precioso. Precisamos abri-lo.

Em seguida, dá um suspiro fundo, preocupado: – Talvez seja a última chance para o meu museu. O prazo para pagar as dívidas vence na semana que vem. Se não pagar, serei despejado, e o prédio será vendido.

O senhor Tonatelli se assusta, como se tivesse acabado de acordar de um sonho profundo: – Esqueça o que eu disse.

INSIRA O ANEL NÚMERO 1 NO SEU ROLINHO. PROCURE O SÍMBOLO QUE É A SOLUÇÃO DO ENIGMA 1. GIRE O ANEL ATÉ ESSE SÍMBOLO COINCIDIR COM A SETA MARCADA NO ROLINHO.

Leonardo em perigo

– *O segundo enigma* – insiste Tonatelli –, *leia-o em voz alta.*

– Você está preparado para voltar ao tempo de Leonardo a fim de resolver o próximo enigma?

LEIA O SEGUNDO ENIGMA!

Esta não é propriamente uma pergunta, mas uma exigência impaciente. Não dá para responder outra coisa além de ***SIM!***

O senhor Tonatelli acompanha você até o retrato de Leonardo, atrás da porta verde-musgo: – Pense firmemente no lugar de onde eu busquei você – ele pede.

– Assim você vai conseguir voltar para lá.

Novamente o redemoinho sai do quadro, suga você e o transporta para centenas de anos atrás. Embora seus olhos estejam fechados, você reconhece de imediato que aterrissou no lugar certo. O cheiro de tinta entra no seu nariz.

Alguma coisa peluda passou pelo seu rosto. O que será?

Calma. Você está agachado nas tábuas rachadas do chão de madeira da casa de Leonardo, e ao seu lado está Pablo, abanando a cauda.

Em seguida, você escuta a voz de Malfatto, que estranhamente lhe parece muito doce.

– Que interessante! Então o senhor gosta de tocar especialmente este instrumento – ele fala, cheio de falsidade e com segundas intenções.

Você está de novo escondido atrás da coluna, Pablo grudado em você. Doutor Malfatto fica andando pelo lugar, e dona Malva rabisca alguma coisa num caderninho de notas. Os dois também decifram agora o primeiro enigma.

À sua direita, alguém dá um assobio. É Salaino. A cabeça com cabelos de cachinhos aparece por uma porta e ele acena impaciente para você, antes de sumir por trás dela.

Passando pela porta você chega a uma espécie de celeiro, e Pablo está ao seu lado. É um puxadinho de madeira ao lado da casa. As fendas entre as tábuas deixam passar raios de sol finos como agulhas. Seus olhos precisam primeiro se acostumar ao claro-escuro. Então você reconhece duas asas poderosas, abertas, feitas de madeira e revestidas com tecido. Tecido também aparece no enigma. Será que as asas podem ser a solução? As pernas nuas de Salaino balançam entre as asas.

Alegre, ele brinca com os seus tênis nos pés.

– Sua covardia me aborrece. Você sempre se esconde feito um rato – ele se queixa, lamentando.

Se ele soubesse!

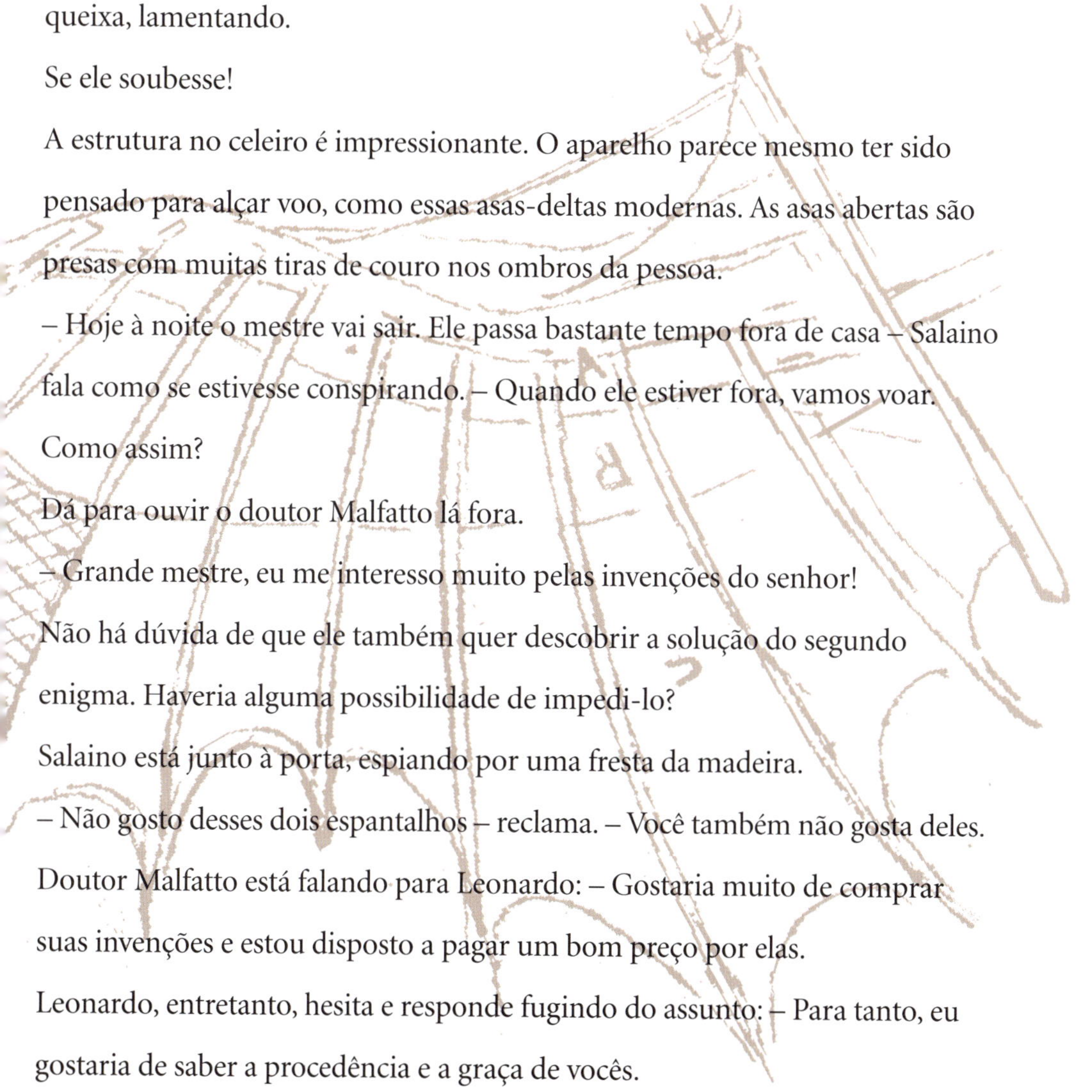

A estrutura no celeiro é impressionante. O aparelho parece mesmo ter sido pensado para alçar voo, como essas asas-deltas modernas. As asas abertas são presas com muitas tiras de couro nos ombros da pessoa.

– Hoje à noite o mestre vai sair. Ele passa bastante tempo fora de casa – Salaino fala como se estivesse conspirando. – Quando ele estiver fora, vamos voar.

Como assim?

Dá para ouvir o doutor Malfatto lá fora.

– Grande mestre, eu me interesso muito pelas invenções do senhor!

Não há dúvida de que ele também quer descobrir a solução do segundo enigma. Haveria alguma possibilidade de impedi-lo?

Salaino está junto à porta, espiando por uma fresta da madeira.

– Não gosto desses dois espantalhos – reclama. – Você também não gosta deles.

Doutor Malfatto está falando para Leonardo: – Gostaria muito de comprar suas invenções e estou disposto a pagar um bom preço por elas.

Leonardo, entretanto, hesita e responde fugindo do assunto: – Para tanto, eu gostaria de saber a procedência e a graça de vocês.

Você enxerga Malfatto por um buraco. A expressão do seu rosto é a de quem acabou de chupar um limão. Dona Malva disfarça e pega algo do bolso fundo da saia. É um aparelho preto com fio de arame grosso. Quando ela apertar um botão, ele dispara raios azuis, um agudo **Biiizzzitt** elétrico soa, e o "cheiro" de eletricidade chega até seu nariz no celeiro. Com certeza essa é uma das armas que Malfatto inventou. Os malandros querem dar um choque elétrico em Leonardo e deixá-lo inconsciente.

No rosto de Malva há um sorriso melado. Ela mostra os dentes como um tubarão e se esgueira lentamente até Leonardo. Procurando um elogio, olha para o chefe, que demonstra profunda satisfação. Malfatto a guia com um olhar. Certamente basta apenas um piscar de olhos dele para dona Malva colocar o desprezível aparelho novamente em ação.

Você precisa alertar Leonardo!

Pablo rosna baixinho.

É isso! Ele pode ajudar.

– Pega, Pablo!

Infelizmente o cãozinho não entende a ordem. Ele cai sobre as patas traseiras e coloca a cabeça de lado, pensativo.

Malfatto está muito perto de Leonardo, que já não vê o doutor como um homem inofensivo.

– Então o senhor não quer nos mostrar os projetos de seus inventos?

A voz de Malfatto deixou de ser doce para se tornar tão cortante como uma lâmina de barbear.

– Faça o favor de deixar minha casa, quero voltar ao meu trabalho – Leonardo ordena. Dona Malva está apenas a dois passos de distância de Leonardo. Ela se postou atrás dele e agora levanta o aparelho.

Vamos! Avise Leonardo! Abra rápido a porta e grite!

– CUIDADO, MESTRE LEONARDO!

Dona Malva, assustada, vira o rosto em sua direção.

O doutor Malfatto estremece como se uma bomba tivesse explodido.

Leonardo sai para o lado e vê o aparelho na mão da dona Malva.

Mesmo sem saber o quanto são perigosos, Leonardo percebe que os visitantes querem lhe fazer mal.

Pablo confirma que é corajoso. Ele late alto e bem grosso como um pastor--alemão, arreganha o focinho e rosna como se quisesse picar os dois malandros em pedacinhos.

Estes ainda estão parados, boquiabertos. As mãos de Malfatto estão escondidas debaixo do casaco. É provável que ele tenha outra arma escondida lá. E, com certeza, ela será mais perigosa do que a arma da dona Malva.

É aí que Pablo sai correndo, pula para o alto e abocanha o antebraço de Malva, que deixa o aparelho cair, solta um palavrão e tenta se livrar de Pablo. Antes de o doutor Malfatto conseguir tirar a mão de dentro do casaco, Pablo já está mordendo seu tornozelo. O doutor consegue abafar o grito, mas seu rosto está transfigurado de dor.

Dois homens entram pela porta. Eles escutaram o tumulto e perguntam, bravos:

– O senhor precisa de ajuda, mestre Leonardo?

– Vamos, Malva! – o doutor sussurra e sai, manquitolando.

– Você estragou tudo.

– Mas eu só queria… – Malva se lamenta, segurando o braço dolorido.

– Fora!

Antes de os dois sumirem pela porta, Malfatto ainda lança um olhar para você, que o atinge como uma flecha e não prenuncia nada de bom.

– Muito obrigado! – Leonardo diz para os dois homens, que se despedem com um aceno de cabeça.

Atrás deles, o grande artista fecha a porta e passa o enorme ferrolho. Ele se vira devagar para você.

Leonardo não fala nada. Ele apenas o encara durante um bom tempo.

Seus olhos são vívidos e nada parece escapar-lhes.

Pablo fareja com cuidado o aparelho que Malva perdeu. É melhor tirá-lo do chão. No tempo de Leonardo, ainda não se conhecia a eletricidade.

O aparelho poderia causar muita confusão.

Salaino fica ao seu lado e estica o beiço.

– Nós não comemos nada hoje!

– O que está acontecendo aqui? Que roupa é essa? – Leonardo quer saber de você. Ele não pergunta como num interrogatório, mas com curiosidade e interesse.

Você não pode dizer-lhe toda a verdade. Mas talvez Leonardo gostasse de ouvir que, no futuro, você quer ser pintor e inventor como ele.

O grande mestre ouve com atenção tudo o que você conta a ele, e propõe um pequeno trato:

– Eu lhe mostro algumas de minhas invenções e, em troca, você me dá sua roupa de presente. Naturalmente você receberá outras. Comprei uma camisola e uma calça de seda faz pouco tempo. Salaino não gostou, mas as roupas vão ficar ótimas em você.

Por que não? Dessa maneira você certamente vai descobrir a solução do segundo enigma. Quando você acena afirmativamente com a cabeça, Leonardo o leva para um quarto ao lado. Pablo segue vocês, com as orelhas em pé.

As invenções de Leonardo

– Um bom inventor inventa coisas que hoje parecem ser impossíveis – Leonardo diz. Ele conversa com você como se estivesse diante de um colega.

– Mantenha sempre um caderno de anotações, para registrar tudo o que estiver observando e o que surgir na cabeça.

Vocês estão junto a uma mesa redonda com um grosso tampo de madeira, e lá estão espalhadas muitas folhas soltas com desenhos e esboços. Quando Leonardo começa a mostrar suas invenções, logo se entusiasma. Ele se empolga todo com as próprias ideias.

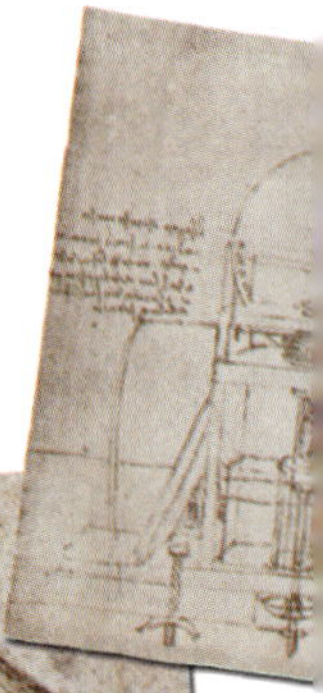

Leonardo projetou um caiaque, uma roupa de mergulho, o submarino e uma bicicleta – além de algo parecido com um carro, que anda sem ser puxado por um animal. Também se ocupou com tanques, fortificações móveis e armas de guerra.

– Por que alguém vegetariano, que ama os animais e liberta passarinhos engaiolados, constrói equipamentos de guerra tão terríveis?

Leonardo não fala nada quando você pergunta isso a ele. Depois de uma longa hesitação, responde: – Detesto a guerra. Mas os príncipes gastam mais dinheiro para fazer guerras do que para fins pacíficos.

Ou seja, com esses projetos ele queria impressionar os príncipes, de quem recebia dinheiro.

Leonardo tinha as ideias, mas o material para concretizar essas invenções ainda não existia na sua época. A madeira era pesada demais para coisas que deviam voar.

– Deve existir um aparelho com o qual consigamos nos manter no ar.

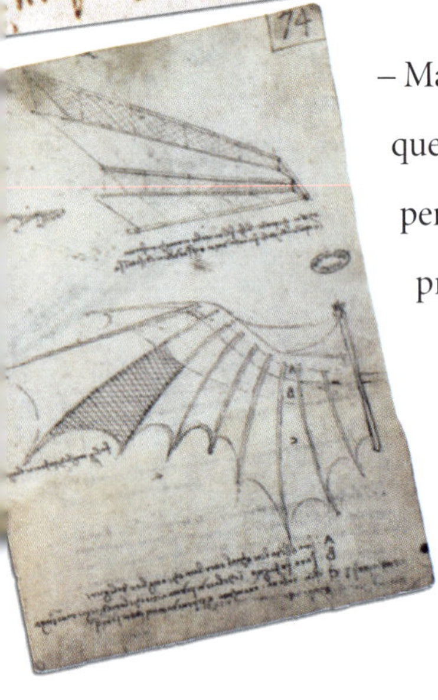

– Mas o que pode brecar a queda de uma pessoa? Uma coisa que se sustente no ar e na qual a pessoa fique pendurada. Feita apenas de tecido e cordas, ela precisa ser de um tamanho que permita carregá-la.

– O homem deve voar como os pássaros. Quero construir asas para os homens, com as quais eles possam velejar pelo céu.

– Assim deve ser uma cidade onde os homens vivem bem. Uma cidade na qual a peste não tenha lugar. Não pode haver sujeira nas ruas: as casas precisam ter canais e canos embaixo delas para escorrer a água suja que é despejada. Quero construir máquinas que levem a água até as casas.

Leonardo tinha projetos para os primeiros aparelhos de varreção das ruas e para os canais de escoamento de água. No seu tempo, a sujeira era simplesmente jogada pela janela. Quem não prestasse atenção podia receber o conteúdo de um penico na cabeça. Ele era especialmente fascinado por máquinas que pudessem levar a água para lugares altos. Hoje as chamamos de bombas. A sujeira das cidades era uma das principais causas do surgimento da peste e de outras doenças. Leonardo sobreviveu à peste por duas vezes, mas presenciou a morte de milhares de pessoas. Ele sabia como a limpeza e melhores condições de moradia eram importantes para as pessoas.

O SEGUNDO ENIGMA FOI REVELADO! CASO VOCÊ AINDA NÃO SAIBA QUE SÍMBOLO DO SEGUNDO ANEL DEVE COINCIDIR COM A SETA DO ROLINHO, OLHE BEM PARA PABLO. ELE TEM UMA DICA PARA VOCÊ.

O segredo de Leonardo

Salaino está sobre um dos cantos da mesa, suas pernas balançam e ele bebe sonoros golinhos de uma garrafa de água ou morde ruidosamente um pedaço de pão duro. Pablo recolhe como um aspirador as migalhas que caem no chão.

No quartinho ao lado da oficina, a luminosidade fica cada vez mais fraca. O sol se escondeu atrás dos telhados da cidade, e a noite vem chegando.

Há alguém na janela!

Pode voltar a respirar. Não é o doutor Malfatto nem a dona Malva, mas um homem pequeno e gorducho. Sem soltar um pio, ele estica os dedos indicadores para o alto e depois acena com a mão, como se Leonardo devesse segui-lo.

De repente, o mestre Leonardo se transforma. Ele para uma frase no meio e recolhe rapidamente os desenhos. Busca a roupa de seda vermelha do armário, da qual tinha falado. E pede a sua roupa.

– Você pode dormir no quarto de Salaino, se não tiver outro lugar – oferece.

Ele leva um livro encapado com couro e fechado por uma cordinha também de couro e enfia alguns lápis no bolso de sua túnica. Depois de murmurar uma despedida, sai rápido.

– Finalmente! – diz Salaino, pulando da mesa. – Quando o Batata bate na janela, ele sempre fica com pressa.

Quem é o Batata?

– O frade com a cabeça de batata – explica Salaino.

Mas para onde foi Leonardo? Será que ele tem algum segredo?

Salaino dá de ombros. Ele quer fazer uma coisa bem diferente.

– Você vai me ajudar – ele ordena, e sai correndo até o celeiro para pegar o aparelho de voar.

Em comparação com as asas-deltas de hoje, o aparelho de voar de Leonardo é muito pesado. Será que dá para voar com isso?

Com esforço, vocês carregam o aparelho pelas ruas estreitas. A lua está quase cheia e ilumina a noite.

Quando alcançam o topo do morro, ambos estão exaustos.

– Me ajude – pede Salaino. Você tenta passar os cintos de couro embaixo dos ombros dele. De repente, ele o agarra e é você quem fica preso. Ele é forte e você não consegue se libertar. Não adianta gritar por socorro. Vocês estão totalmente sozinhos no morro. Salaino ri triunfante porque enganou você.

Pablo late a plenos pulmões e morde a perna de Salaino. Ele grita, mas consegue afastá-lo e dá um belo chute em você, que cai para a frente. Não há mais chão debaixo dos seus pés. Você despenca como uma pedra. O ar passa zunindo nos seus ouvidos. Você vai se espatifar nas pedras duras!

O zunido vai diminuindo. No seu rosto, o ar fresco da noite parece estar ainda mais gelado, e o suor escorre pela sua testa.

Mesmo sem nada sob os pés, você não cai. A madeira das asas range, o barulho é o mesmo de um galho se partindo. O tecido rasga com um **Riiicc** agudo.

O aparelho de voar ficou preso, a asa direita enganchada numa rocha do precipício.

E é nessa rocha que você se encontra.

– Salaino! – é a voz de Leonardo.

Você sente a mão de alguém segurando você.

Com um tranco, o aparelho de voar desce mais um pouco.

– Eu seguro você. Não tenha medo, não vou deixá-lo cair!

As mãos de Leonardo envolvem o seu braço. Dói quando ele puxa você de volta para o canto do morro, mas e daí? É melhor ter umas manchas roxas do que vários ossos quebrados. Finalmente você está deitado de bruços sobre o chão de areia. Atrás de você há um último, longo Raaaccc e, então, o som de madeira batendo e partindo – que vai ficando cada vez mais distante, enquanto o aparelho de voar vai caindo ao longo da parede de pedra.

Salaino também está por ali, desolado. Ele parece um fantasma sob a luz da lua.

– Nós ainda vamos conversar. Leve nosso convidado para casa – Leonardo ordena, ríspido.

Ele está com muita pressa de novo e desce o morro correndo em direção à cidade.

Na metade do caminho, ele se vira, faz um gesto ameaçador com o punho e grita:

– Eu o conheço, pestinha! Você não me engana! Lembre-se sempre disso, Salaino!

Ainda bem que ele adivinhou que o culpado foi Salaino. Pablo lambe seu rosto e o anima, cutucando você com o focinho.

Surgem à sua frente seus próprios tênis, metidos nos gambitos de Salaino.

– Você quer ver aonde o mestre vai? – ele pergunta, atiçando. É uma oferta de reconciliação.

Sim! Vá ver!

Salaino puxa você para cima e diz: – Um bom treco, aquilo que eu coloquei em você. Pena que ficou todo estragado.

Qual é o segredo de Leonardo?
Será que ninguém pode saber?

Salaino caminha para uma casa sem graça de janelas pequenas. Ele leva você até os fundos, para uma porta de madeira.

O que é aqui?

– Quando sou eu, o mestre me xinga. Mas ele mesmo faz coisas proibidas – Salaino diz, sorrindo.

Algo proibido? O que o grande Leonardo faz que é proibido?

A porta está apenas encostada e dá para abri-la. Na sua frente há uma escada de pedra. Você consegue avistar seu fim lá embaixo, banhado pela luz bruxuleante de uma tocha.

O focinho de Pablo se mexe, todos os pelos das suas costas ficam eriçados. Ele gane e se encosta ainda mais na sua perna. Quando você resolve dar um passo para baixo, imediatamente ele começa a latir.

Uma cortina se abre e uma mulher estica a cabeça para fora. Ela grita "silêncio!" e esvazia o penico.

Que bom que vocês não estão debaixo da janela.

Psssiiuuu!

Já que Pablo não se acalma, você precisa fazer alguma coisa. Pegue-o, segure o focinho dele e carregue-o no colo. Pablo não gosta nada disso, mas pelo menos assim ele não vai acabar delatando você.

No porão, um corredor estreito que vira à esquerda e à direita está à sua espera. Um vento frio bate em você. Ele traz um fedor que o obriga a prender a respiração. Coloque a manga da camisa na frente do nariz. A gente só sente um cheiro tão horrível assim quando o congelador para de funcionar e a carne apodrece.

Arghh!

Não dá para ver muita coisa. Apenas paredes verdes de mofo, levemente inclinadas. A cada dez passos há uma bacia no chão, da qual saem chamas. As sombras dançam como fantasmas sobre as paredes. Aqui e ali, pequenas gotas de água brilham como olhinhos penetrantes.

Bem ao fundo, do lado direito, dá para ouvir vozes murmurantes:

– Ninguém deve saber que permito o seu acesso, mestre Leonardo!

– Com certeza ninguém me viu chegando aqui, Lorenzo – diz Leonardo, acalmando-o. – Agradeço que o senhor, o diretor do hospital, permita a minha entrada aqui. Ainda há tanto para eu pesquisar. Veja, por exemplo, os músculos do cúbito e do rádio, no antebraço.

No final do corredor há tochas acesas. Leonardo e o frade estão junto a uma cama de pedra. Alguém está deitado sobre essa cama. Imóvel.

– O morto precisa ser enterrado amanhã – lembra o diretor do hospital, que reforça todas as frases com gestos amplos.

Embora não tenha ouvido direito, Leonardo concorda com o homem a quem chama de Lorenzo.

Há quinhentos anos, o que Leonardo está fazendo só era permitido em circunstâncias especiais. Ele está dissecando um cadáver. Isto é: ele o está abrindo para estudar o interior do corpo humano, conhecer a posição dos órgãos e a forma dos ossos.

Hoje em dia, todo estudante de medicina tem de dissecar mortos. Antigamente, porém, as pessoas que faziam isso costumavam ser punidas.

Leonardo pega um bloco de papel e começa a fazer esboços.

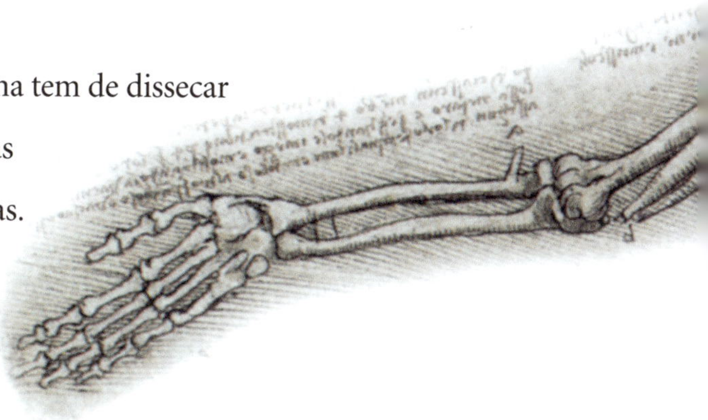

Ei, atenção! O terceiro enigma fala do cúbito.

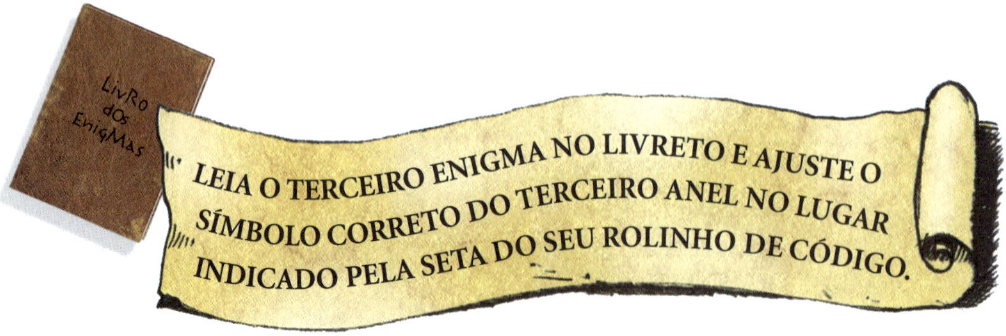

LivRo dos EnigMas
LEIA O TERCEIRO ENIGMA NO LIVRETO E AJUSTE O
SÍMBOLO CORRETO DO TERCEIRO ANEL NO LUGAR
INDICADO PELA SETA DO SEU ROLINHO DE CÓDIGO.

Preso

Pablo se debate nos seus braços e tenta se libertar. É melhor você não soltá-lo, senão ele vai latir e vocês serão descobertos. Vocês não podem ser pegos aqui embaixo! Leonardo já está bravo o suficiente com Salaino, e quem sabe qual será a reação do diretor do hospital! Afinal, ele está ajudando a fazer algo proibido.

Pablo vai sossegando aos poucos.

Salaino inspira bem forte e empurra você para o lado.

O doutor Malfatto e a dona Malva estão sentados na escada. Malva saca outro aparelho com arame e ameaça você com ele. Dá para perceber que ela gosta de ter vocês sob controle. O doutor continua andando, imperturbável, como se vocês não existissem. Dá uma olhada no corredor, percebe o que Leonardo está fazendo e levanta, triunfal, a sobrancelha. Ele sabe que encontrou a próxima solução. Neste momento, parece que ele cresceu e que a sua cabeça está quase alcançando o teto.

Está ficando apertado!

Você não está mais na frente e, além disso, caiu numa armadilha. Os bandidos fecharam o caminho para cima. Leonardo guarda suas anotações e, satisfeito, acena com a cabeça para o diretor do hospital. Ele terminou o que estava fazendo e quer sair do porão. Salaino empurra você num nicho fundo da parede, e vocês são engolidos pela escuridão. Os passos dos homens vão se aproximando. Malfatto e Malva já deixaram o porão usando a escada. Agora, os dois homens sobem os degraus em silêncio. A porta range ao ser trancada. Você escuta a chave virando na fechadura.

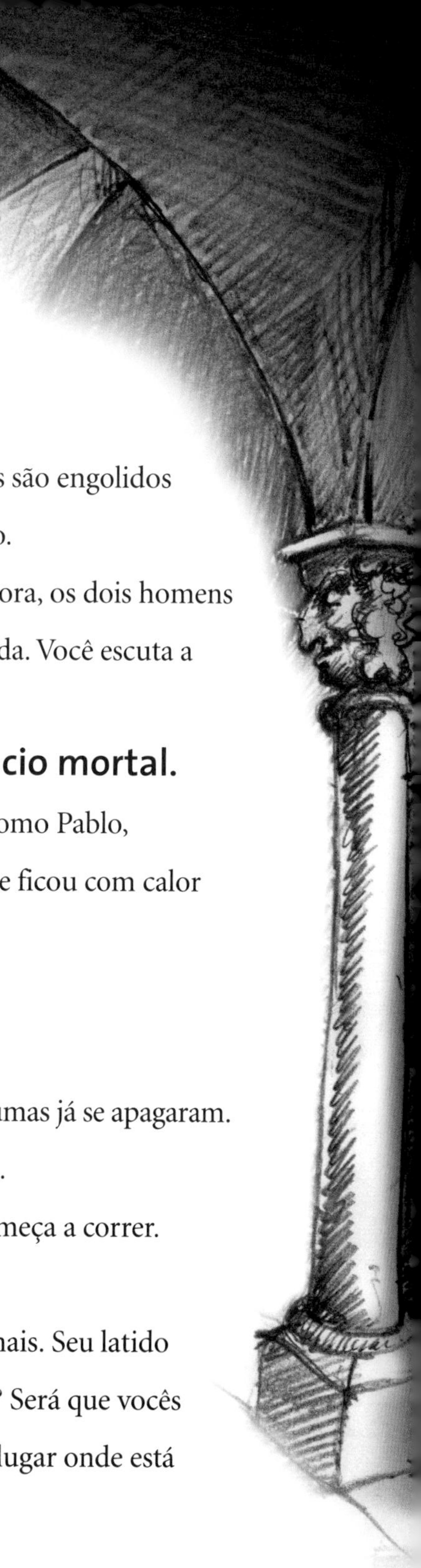

Vocês estão presos! No porão, faz um silêncio mortal.

Mesmo o atrevido e corajoso Salaino se encosta em você como Pablo, que finalmente consegue livrar o focinho e fica arfando. Ele ficou com calor no seu colo.

E agora? Como vocês vão sair daí?

Será que vocês terão de passar a noite toda no porão?

As chamas nas bacias com fogo estão ficando menores. Algumas já se apagaram.

A escuridão está ficando cada vez mais cerrada e opressora.

Pablo exige ser colocado no chão. Mal está embaixo, ele começa a correr.

Pablo, fique aqui!

As garras dele arranham o chão. Ele se distancia cada vez mais. Seu latido parece estar muito distante. Será que está chamando vocês? Será que vocês devem mesmo tentar sair do esconderijo? E se ele foi até o lugar onde está o morto?

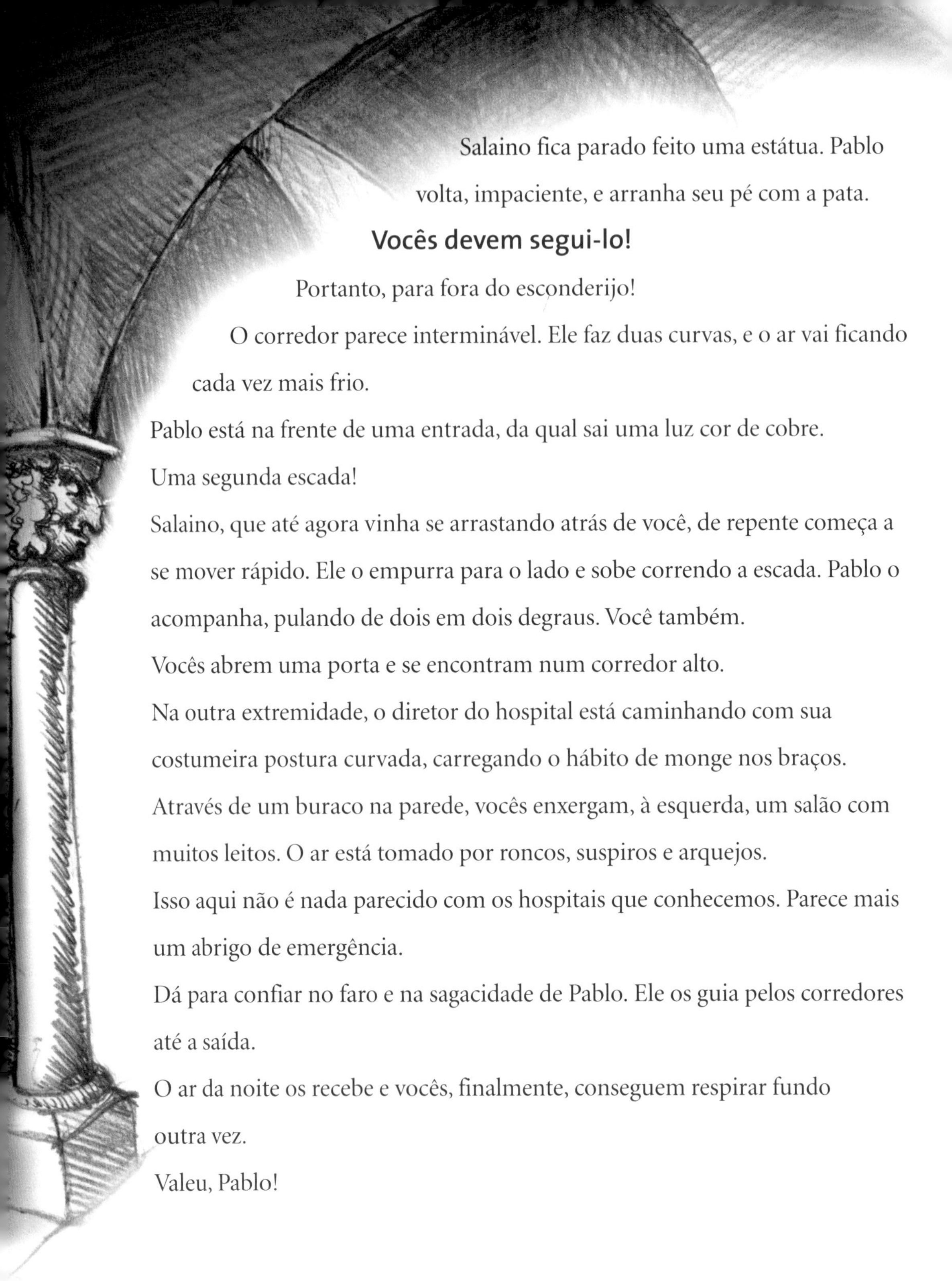

Salaino fica parado feito uma estátua. Pablo volta, impaciente, e arranha seu pé com a pata.

Vocês devem segui-lo!

Portanto, para fora do esconderijo!

O corredor parece interminável. Ele faz duas curvas, e o ar vai ficando cada vez mais frio.

Pablo está na frente de uma entrada, da qual sai uma luz cor de cobre.

Uma segunda escada!

Salaino, que até agora vinha se arrastando atrás de você, de repente começa a se mover rápido. Ele o empurra para o lado e sobe correndo a escada. Pablo o acompanha, pulando de dois em dois degraus. Você também.

Vocês abrem uma porta e se encontram num corredor alto.

Na outra extremidade, o diretor do hospital está caminhando com sua costumeira postura curvada, carregando o hábito de monge nos braços.

Através de um buraco na parede, vocês enxergam, à esquerda, um salão com muitos leitos. O ar está tomado por roncos, suspiros e arquejos.

Isso aqui não é nada parecido com os hospitais que conhecemos. Parece mais um abrigo de emergência.

Dá para confiar no faro e na sagacidade de Pablo. Ele os guia pelos corredores até a saída.

O ar da noite os recebe e vocês, finalmente, conseguem respirar fundo outra vez.

Valeu, Pablo!

As brincadeiras de Leonardo

Por trás das janelas fechadas, os moradores da cidade dormem em suas casas. Ratos cruzam o caminho de vocês várias vezes, à procura de comida.
Será que há chocolate em algum lugar?
Salaino olha de um jeito, como se você tivesse perguntado por um monstro de sete olhos. – Chogo o quê?
Mesmo depois de você lhe explicar como é o chocolate e qual o seu gosto, não adianta. O chocolate não existia naquela época.
– Vamos pegar um pão com mel para nós – Salaino sugere, lambendo os beiços. Ele para na frente de uma casa de onde está saindo um cheiro de pão fresco, sobe num muro e some.
Na casa, um cachorro está latindo. Pablo responde imediatamente. Uma voz masculina, grave, começa a xingar. Salaino toma impulso, pula por cima do muro e aterrissa na frente dos seus pés. Com um gesto de vencedor, ele ergue três pães para o alto. Vocês começam a correr de novo, desta vez rumo à periferia da cidade. Vocês estão exaustos, Pablo arfa. Salaino quer chegar a uma cabana abandonada. Vocês passam por cima de telhas caídas e pedaços de muro e vão em direção a uma escada íngreme de madeira. Salaino sobe os degraus com habilidade e vocês o seguem. Finalmente vocês três estão sobre o que sobrou do telhado.
– Bem perto do céu! – Salaino, maravilhado, deita de costas e fica olhando, sonhador, para as estrelas. Pablo estica o focinho e solta um "**aauuuuuu!**" bem afinado.

– Eu sempre me escondo aqui depois que faço alguma coisa e o mestre Leonardo fica furioso – Salaino explica enquanto parte um pedaço do pegajoso pão com mel. Na verdade, é para você, mas Pablo é mais rápido e, com um ***nhaaac***, a guloseima está na boca dele. Tudo bem, ele merece essa recompensa!

– Às vezes, o mestre é severo demais – reclama Salaino com a boca cheia. Ele engole e logo dá outra mordida. – Mas ele mesmo gosta de fazer brincadeiras.

Como assim? Salaino com certeza está mentindo. O famoso pintor e inventor Leonardo da Vinci não é de fazer brincadeiras. Ou será que é? Salaino está rindo de sua cara espantada.

– Você não acredita, não é? Mas é verdade. Ele mesmo me contou.

O ar fresco da noite passa pelo seu rosto, mas as costas estão aquecidas pelas telhas que o sol esquentou durante o dia.

Que brincadeira Leonardo aprontou, então? Vamos, Salaino, conte uma!

No Vaticano, em Roma, Leonardo assustou um religioso com um pequeno lagarto no qual ele tinha grudado chifres e asas. O bicho se parecia com um dragão minúsculo, e parece que todos ficaram assustados e nervosos. Eles devem ter imaginado que se tratava de um monstro de verdade.

Quando Salaino termina de contar, vocês riem da brincadeira de Leonardo. Pablo aproveita a oportunidade e lambe rápido o resto do mel na mão de Salaino. Antes de Salaino começar a xingar, Pablo olha candidamente para ele.

Mas onde o doutor Malfatto e a dona Malva foram parar?

Os enigmas!

Você resolveu os três primeiros. Há mais quatro no livreto. Qual é o próximo?

LEIA O QUARTO ENIGMA
NO LIVRETO SECRETO!
LIVRO dos ENIGMAS

Salaino presta atenção no que você está lendo e passa as mãos pelo cabelo cacheado.

O que será que isso significa?

– Vamos procurar na oficina do mestre – ele sugere. – Lá tem muitos quadros e um monte de desenhos espalhados. Mestre Leonardo sempre rabisca montanhas de papel com desenhos antes de começar a pintar.

Então vocês saem novamente e vão se esgueirando pela cidade adormecida, de volta à casa de Leonardo.

Todas as janelas estão fechadas e a porta parece grossa e resistente como um muro. Como é que vocês vão entrar na casa?

– Venha – Salaino sussurra, levando Pablo e você até uma sacada que se projeta da parede do andar superior. Embaixo dela há madeira empilhada. Salaino retira algumas com cuidado. A pilha faz um barulho. De cima cai um toco de pau que por um triz não atinge a cabeça cheia de cachos de Salaino. Mas, aos poucos, vai surgindo uma abertura redonda nessa torre de toras grossas. E que não se parece nada estável.

– Entre aí!

Ele não pode estar falando sério.

Já que você está hesitante, é Salaino mesmo quem entra. Suas pernas e seus pés com os tênis somem rapidamente.

Pablo coloca a cabeça no túnel, mas logo a tira. As orelhas esticadas se viram como antenas em todas as direções.

Toc! Toc! Toc!

Alguém está vindo. Passos lentos se aproximam do lugar onde você e Pablo se encontram.

Um **clique** metálico.

O balcão faz uma sombra que o cobre como um pano preto.

Tomara que...

Toc! Toc! Toc!

Uma figura alta e rígida está chegando. Seu queixo pontudo aponta para a frente. Doutor Malfatto! Com seus dedos longos ele retira um objeto minúsculo de dentro de uma latinha brilhante.

Pablo treme de nervoso. Com certeza quer defender você. Segure-o. É melhor ele não revelar onde você está! Atrás de Malfatto aparece a dona Malva, com sua roupa justa demais, quase rasgando de tão esticada.

– Aceita uma bala de goma? – Malfatto oferece a Malva, esticando a lata.

Agora está claro por que Pablo está tremendo. É de gula pelas balas de goma!

Bem juntinhos, os joelhos apertados contra o peito, você está sentado com ele ao lado do monte de madeira. Se Malfatto o achar!

Dona Malva agradece: – Não, obrigada, estou de dieta.

Ela fica bem ao lado de Malfatto, levanta o olhar até os olhos dele e diz:

– Como eu admiro sua astúcia e genialidade, doutor.

Malfatto aceita o elogio, envaidecido.

Será que é possível? A dona Malva está paquerando o doutor Malfatto? Será que ela está apaixonada?

– O enigma número cinco nos leva à oficina de Leonardo – Malfatto diz a ela.

Enigma cinco? **Enigma cinco?**

Malfatto e Malva já resolveram o número quatro! Eles estão em vantagem! Mas onde descobriram a solução? Se eles querem ir agora à oficina, é porque não estiveram lá antes. Ou será que estiveram?

– Foi fantástico como o senhor resolveu o enigma número quatro! Será que o senhor resolverá o próximo assim também? – Malva diz, entusiasmada.

Então o doutor Malfatto já sabia qual era o animal em questão. Ele deve conhecer o quadro.

O doutor pega um objeto comprido do bolso do casaco. Será uma lanterna?

Malva se afasta um pouco e olha para a coisa com desconfiança.

– Não tenha medo, minha querida Malva – diz Malfatto, que parece se divertir amedrontando a mulher.

– É claro que não vou machucá-la com meu punhal de faíscas.

O que é um punhal de faíscas?

A resposta vem em seguida. Quando Malfatto gira a ponta do cabo, surge uma faiscante lâmina azul-esverdeada.

A lâmina não é de metal, mas de pontinhos de luz brilhantes.

– Vamos apostar que nem a fechadura mais resistente aguenta meu punhal de faíscas?

O doutor Malfatto segura o punhal como uma espada em chamas na sua frente e vai até a porta da casa.

Você precisa entrar! Você precisa avisar Leonardo sobre a invasão!

Então, o negócio é virar de bruços e entrar no instável buraco entre os pedaços de madeira.

O cheiro dos cavacos de madeira entra no seu nariz e algumas lascas espetam seus braços. Dane-se! Cerre os dentes e continue.

No final do túnel dá para reconhecer uma passagem quadrada na parede.

O rosto de Salaino aparece na abertura.

– Onde você estava? – ele ralha.

Dá para ouvir um barulho horrível dentro da casa.

Parece um carro entrando com tudo numa parede de vidro.

Pablo, que ainda está esperando para entrar na casa com você, se assusta e gruda nas suas pernas.

O monte de madeiras treme. Um outro pedaço escorrega, os outros começam a se movimentar. Já tem madeira apertando as suas costas.

E aí vem mais.

A sensação é de que um elefante sentou-se em cima de você.

O ar é pressionado para fora do peito.

Socorro!

Você estica um braço e Salaino o segura.

Ele puxa, mas é tarde demais.

A sala dos Quadros Vivos

– Acorde! Por favor, acorde!

Você deve ter ficado inconsciente. Suas pálpebras estão pesadas e não querem abrir. Tudo está escuro ao seu redor e o peso da madeira ainda está sobre você.

Ou não? A pressão vai diminuindo e você escuta um leve arranhar. É o mesmo som de quando as unhas de Pablo arranham o chão de pedra.

Alguma coisa passa sobre sua cabeça e aperta o seu braço. Você é sacudido com delicadeza. Depois, um pouco mais forte. Por fim, mãos fortes o agarram.

Ui!

Um cheiro de limão sobe até seu nariz, e um brilho marrom-escuro passa através das pálpebras. Uma espécie de botão preto com dois buracos grandes chega bem perto de seus olhos. Ar úmido sopra no seu rosto.

O “botão” é o nariz de Pablo. Ele se encosta em você para animá-lo.

O monte de madeiras sumiu. Nada de tábuas e tocos de madeira comprimindo você. Suas mãos e sua roupa estão cheias de farpas. É a prova de que você não estava sonhando.

Agora, porém, você está deitado no chão frio de pedra da Sala Mágica.

O senhor Tonatelli está ajoelhado ao seu lado e o ajuda a se levantar. Ele o espana com seu lenço xadrez como se você fosse uma estátua empoeirada.

Como você voltou? Como ele o trouxe de volta?

– Eu estava no meu escritório. Acho que dei uma cochilada – informa o senhor Tonatelli, secando o rosto com o lenço.

– Então escutei um grito. Alto e estridente. Andei mancando por todo o museu – conta ele com um suspiro, erguendo o cabo da vassoura. – Você estava deitado aqui, com Pablo nas suas costas.

Vocês dois olham fixamente para o quadro de Leonardo.

Foi Leonardo quem gritou?

Mas isso é um desenho dele. Como pode emitir sons?

– Você já descobriu outras soluções dos enigmas? – o senhor Tonatelli pergunta, ansioso.

Não lhe resta nenhuma outra alternativa senão contar tudo o que aconteceu.

O proprietário do museu engole em seco várias vezes e, com a mão livre, seca o suor da careca.

– Um enigma na frente! – sua voz é um guincho agudo.

Você precisa voltar! Malfatto e Malva entraram na casa de Leonardo. Logo eles saberão também a solução do quinto enigma.

O desenho ainda mostra um Leonardo gritando. Mesmo que você olhe fixamente nos olhos dele, o milagre não acontece. Você não é mais transportado para o tempo dele.

Será que vocês perderam? Malfatto e Malva terão em breve todas as soluções e abrirão o cofre de pedra?

Enquanto puxa os suspensórios da calça para a frente, parece que o senhor Tonatelli está pensando em alguma coisa. As sobrancelhas peludas dele se mexem e os dentes rangem.

Finalmente, ele ergue a vassoura com energia: – Siga-me!

Decidido, o senhor Tonatelli sai na frente, sobe as escadas com dificuldade até o primeiro andar e, de lá, até o sótão. Ali, procura um armário pesado. Um molho de chaves tilinta preso ao seu cinto. Depois de procurar um pouco, ele escolhe uma delas e abre a porta do armário.

A fechadura range, como se há tempos não fosse aberta. Atrás da porta há uma sala. Uma parede inclinada é toda feita de vidro. A chuva deixou-a opaca e cinza. As outras paredes são retas. Não dá para enxergá-las, porque estão cobertas por desenhos de todos os tamanhos. No meio de tudo está montado um cavalete, manchado de tinta de cima a baixo. Muitas telas sem moldura estão encostadas na parede. Tonatelli vai olhando todas, até que puxa uma. Você o ajuda a colocar a tela no cavalete.

– Não é um Leonardo autêntico – o senhor Tonatelli se apressa em explicar. – Meu bisavô fez uma cópia do original. Com tinta mágica. ***Para a Sala dos Quadros Vivos.***

Evidentemente, Tonatelli percebe a sua surpresa.

O que é a Sala dos Quadros Vivos?

– Só anteontem encontrei as anotações de meu bisavô sobre como abrir a sala.

Depois de uma pausa, ele continua: – Meu bisavô fazia muitos desenhos antes de pintar um quadro. Assim como Leonardo. Ele rascunhava para conseguir que cada parte do quadro ficasse da maneira mais real e viva possível. Esses exercícios de desenho são chamados de esboços.

P
R
E
I
h
S
N
f
E

Com um gesto largo, Tonatelli indica os papéis amarelados na parede.

– Precisamos descobrir que esboços meu bisavô fez para esse quadro – Tonatelli continua, arregaçando as mangas. – Cada esboço tem uma letra. Juntas, elas formam uma palavra. Precisamos dessa palavra para entrar na Sala dos Quadros Vivos.

Enquanto vocês comparam desenho por desenho com a pintura a óleo, Tonatelli fala de Leonardo.

– Leonardo gostava muito de estudar a natureza. Rochas, luz e sombras, heras numa árvore, músculos do braço, as folhas dos arbustos: tudo o interessava, ele observava e esboçava tudo minuciosamente. Por isso seus quadros tornaram-se tão realistas.

QUE PALAVRA É FORMADA COM AS LETRAS DOS ESBOÇOS CORRETOS?
Uma dica: é o nome, em italiano, de uma cidade na qual Leonardo da Vinci viveu e trabalhou.

FIRENZE.

Os quadros falam

Então vocês descobriram a palavra! Agora vão já para a Sala dos Quadros Vivos! Ela fica no primeiro andar. Uma porta vermelho-cereja, decorada com faixas largas de latão e sem maçaneta, impede a entrada dos visitantes indesejados. Há teclas embutidas no batente, e uma letra gravada em cada uma delas. Apertar as teclas exige certo esforço. Dentro do batente dá para escutar um complicado mecanismo de engrenagens, alavancas e molas sendo ativado.

A última letra foi apertada.

A porta permanece fechada.

Será que a palavra-chave está errada?

Tonatelli contrai as mandíbulas, como se estivesse esfarinhando pedras na boca.

Pablo se aproxima, fareja bastante embaixo do vão da porta e, em seguida, espreme seu focinho entre a porta e o batente. Um rangido alto enche o ambiente.

Bravo, Pablo! A palavra está correta. A porta se abre.

Agora é possível enxergar a sala ampla, de paredes altas. Quadros impressionantes brilham como grandes janelas abertas.

Tonatelli entra na sala mancando, apoiando-se com dificuldade na vassoura. Ao parar diante do primeiro quadro, acontece algo inacreditável. A cor parece se tornar fluida, tomar forma e projetar-se para a frente.

Os Quadros Vivos!

As figuras no quadro levantam a mão e viram a cabeça. Elas piscam e conversam em voz baixa.

Tonatelli se dirige ao quadro maior. De repente, Pablo começa a latir de um jeito bravo, nervoso. Ele nunca tinha latido assim antes. Alguma coisa branca, peluda, foi arremessada do quadro, e Pablo se põe imediatamente à sua caça.

A mulher no quadro abre a boca, assustada, e estica as mãos para a frente, como se dessa maneira ela conseguisse pegar de volta o animal que lhe fugiu.

Pablo pula feito louco pelo salão, farejando incessantemente todos os cantos, sem parar de latir algo que soa como: – Aqui não há lugar para você!

– Quieto, Pablo! – Tonatelli ralha, mas o cachorro com as patas coloridas não o obedece.

Um animal! A senhora no quadro estava segurando um animal branco e peludo. Como vocês saíram da frente do quadro, ele tornou a ficar imóvel. A mulher continua sentada lá, mas sem seu mascotinho peludo.

Mas como era mesmo esse animal?

Pablo continua caçando-o pelo salão.

Lá está, a sombra do animal saltitante!

Qual a aparência do animal que a senhora carregava no colo? Essa é, certamente, a solução do enigma número quatro. A descrição bate direitinho. Tonatelli estala a língua.

– Que idiota! – ele briga consigo mesmo. – Como pude esquecer da senhora com o arminho?

arminho

A resposta é arminho. Eu podia ter lembrado disso antes.

Tudo bem. Mas você não conseguiu ver o animal direito. Então, como ele é? Logo você estará empatado com o doutor Malfatto e a dona Malva. Isto é, se eles já não resolveram nesse meio-tempo o quinto enigma! Qual é mesmo?

– Hummmmm! – faz Tonatelli, formando um arbusto espesso ao levantar as sobrancelhas que se parecem com escovas.

Uma ruga profunda divide sua testa: – Eu tinha de ter lembrado da senhora com o arminho – ele se repreende novamente.

AJUSTE O DESENHO DO ANIMAL EM SEU QUARTO ANEL NA DIREÇÃO DA SETA DO ROLINHO DE CÓDIGO!

DECIFRE O QUINTO ENIGMA DO LIVRO!

Malfatto devia conhecer o quadro, por isso descobriu tão rápido a resposta.

– Também não sei mesmo o que significa essa ajuda para pintar – Tonatelli confessa, abatido.

E agora? Há algum outro jeito de se retornar ao tempo de Leonardo?

Depois de muito hesitar, e com resistência, Tonatelli diz que sim.

E como funciona?

Em silêncio, ele sai mancando da sala. Só resta a você e Pablo segui-lo.

– Malfatto está com a bússola azul do tempo! – murmura o dono do museu, de repente.

E o que é isso?

Chegando ao térreo, a primeira coisa que o proprietário do museu faz é encher a mão de bolinhas de chocolate para Pablo, para si mesmo e para você. O rápido reabastecimento faz bem. Pablo rola seu chocolate pelo chão como se fossem bolas mesmo, antes de comê-lo.

Tonatelli vai mancando até um baú escuro. Ele está trancado numa gaiola de barras de ferro grossas e muitos cadeados pesados, como se fosse um animal perigoso que pudesse atacar. Com muito barulho e rangidos, Tonatelli abre um cadeado após o outro. Quando levanta a tampa, surge um veludo vermelho-fogo. Envolto pelo tecido há um aparelho dourado brilhante, do tamanho de um ovo. Ele o retira com cuidado. Metade do aparelho é de ouro, e a outra metade é de vidro cristalino.

Uma luz amarelo-ouro, quente, brilha em seu interior.
Numa das pontas ovais do aparelho há uma pedra preciosa vermelho-escura, que Tonatelli vai girando devagar. Através do vidro grosso, você enxerga um mundo mágico. Um carro antiquíssimo está andando em círculos, e você consegue escutar seus ruídos. Um leve toque na pedra é o suficiente para o carro dar lugar a uma carroça. Os cascos do cavalo batem nas pedras duras. Tonatelli continua girando e vão surgindo imagens de um passado cada vez mais longínquo, até os cavaleiros medievais, os faraós do Egito e os homens da Idade da Pedra, que moravam em cavernas.
– A **bússola vermelha** do passado pode levá-lo até Leonardo – o senhor Tonatelli começa lentamente, os olhos fixos no aparelho que está na sua mão. Ele sintoniza a cidade na qual você encontrou Leonardo. – A bússola, entretanto, somente leva você cada vez mais para o passado. Para retornar ao presente, você precisa da **bússola azul** do tempo.
Entendido! A azul está com Malfatto, senão ele ficaria preso no tempo de Leonardo – pois Tonatelli certamente não o traria de volta com a ajuda do quadro. Essa criatura diabólica pensou em tudo!
A princípio, Tonatelli quer entregar a **bússola vermelha** a você, mas depois muda de ideia.
– É perigoso demais! Você nunca vai pôr as mãos na **bússola azul**, Malfatto com certeza não a emprestará para você.
Pablo se apoia nas pernas de Tonatelli, como se também quisesse dar uma olhada no aparelho. Embora o cachorrinho não seja pesado, acaba por desequilibrar seu dono. Tonatelli cai sobre você, sem largar a **bússola vermelha** da mão.

O aparelho dispara um raio, quente e mais ofuscante que o Sol. Ele os envolve e arranca o chão debaixo de seus pés.

Os truques de Leonardo

– Os seus truques. Desembuche logo!

Agora você está vendo uma cena deplorável.

Leonardo amarrado numa cadeira. Malfatto na frente dele, ameaçando-o com o punhal de faíscas ligado. Raiozinhos azuis saindo da lâmina de arame que a dona Malva segura. Ela se parece com uma fadinha gorda e muito brava.

Sem entender nada, Leonardo os encara.

Eles estão de costas para vocês. Ainda não os descobriram. Tonatelli, Pablo e você, os três foram lançados até a casa de Leonardo.

Então, a **bússola vermelha** funciona de verdade. Mas como você vai pegar a **bússola azul**, que está com Malfatto?

Segurando a perna machucada, Tonatelli rola para trás de alguns sacos que estão empilhados. Pablo o segue, e você se espreme ao lado dos dois. Entre os sacos há pequenas frestas, e através delas vocês conseguem observar os bandidos.

Malfatto passa a ponta do punhal de faíscas para lá e para cá na frente do rosto do pintor.

– O que o senhor faz para pintar a natureza assim, como ela é?

Pela voz dele, dá para perceber que a pergunta já foi repetida muitas vezes.

– Quem são vocês? – Leonardo exige saber, mas não obtém resposta.

Leonardo não está preso apenas com uma corda, mas também com um fio fino e brilhante, que torna impossível a ele se libertar, mesmo sendo um homem muito forte. E vocês também não conseguem ajudá-lo. Vocês estão impotentes contra o punhal de faíscas do doutor Malfatto e a lâmina da dona Malva.

Rindo de um jeito ameaçador, Malfatto apoia seu cotovelo num cavalete.

Ele pega a latinha brilhante do bolso do casaco e abre a tampa.

O nariz de Pablo sente de imediato o cheiro de balas de goma. Ele não consegue resistir, precisa abanar o rabo porque a boca começa a salivar.

Toc-toc-toc-toc-toc

O rabo bate de maneira ritmada no chão. Segure-o, senão o barulho vai denunciar vocês!

Malfatto fecha a lata com um **VUPT**. Seu rosto demonstra muito desprezo.

Malva volta a soltar raios azuis da lâmina, que estalam como agulhadas no ouvido.

– É para mandar bala? – ela pergunta, grosseira.

Malfatto fica olhando Leonardo por um bom tempo.

– Não!

Decepcionada, Malva abaixa a lâmina e começa a cutucar o nariz.

– Vamos indo, dona Malva!

– O quê? – ela entorta a boca quase até o olho. – Mas o enigma...

– Vamos – Malfatto repete. Sua voz parece de aço.

Ele se vira e marcha, todo rígido, para fora da oficina. Dona Malva precisa se apressar para acompanhá-lo.

Pablo os segue, curioso, e informa, com umas abanadas de rabo bem alegres, que os bandidos realmente deixaram a casa. Para onde será que eles querem ir?

Bummmm

Uma tábua, que estava apoiada na parede, caiu. Por trás dela, emerge a cabeça cheia de cachos de Salaino. Mesmo com a luz fraca das velas, dá para perceber que seu rosto está branco como leite. O lábio inferior está tremendo sem parar. Ele se esgueira para fora do buraco da parede, que provavelmente deve dar na pilha de madeiras, e tenta libertar Leonardo. Ao querer cortar o fio, seus dedos se machucam e sangram. Nem buscando uma faca comprida ele consegue soltar o mestre.

– Uma das invenções mais repugnantes de Malfatto – o senhor Tonatelli rosna. Mas para onde vão Malfatto e dona Malva? O que têm em mente? Os dois ainda estão com a **bússola azul**.

Quando Salaino vê você sair de trás dos sacos, seus olhos ficam incrivelmente arregalados. Ele quer falar alguma coisa, mas só consegue gaguejar.

Você pede a ele: – Você consegue seguir esses dois? Sem ser percebido?

Salaino o abraça com força, de tanta felicidade e alívio por você não ter sido esmagado pelas madeiras que caíram. Por pouco ele não faz o que as toras quase conseguiram: ele o abraça, fazendo sair todo o ar dos seus pulmões, e você acha até que ouviu uma das costelas se partir. Então, ele sai na maior carreira.

– Tente com o meu isqueiro!

O senhor Tonatelli puxa o objeto do bolso da sua larga calça de veludo e o entrega a você. Com essa ajuda, o fio que prende o mestre pode ser derretido. Leonardo se levanta com um suspiro agradecido e estica os braços e as pernas, que tinham ficado duros. Seu olhar se alterna entre você, o senhor Tonatelli, que se encarapitou no lado, atrás dos sacos, e Pablo.

– O mundo é um lugar de milagres – ele começa. – O aparecimento e desaparecimento de vocês, entretanto, não parece mais ser um milagre. Contem-me a verdade!

Será que é isso que vocês devem fazer?

O senhor Tonatelli concorda discretamente com a cabeça: – Mas só se o senhor não fizer anotações a respeito, grande mestre.

Leonardo, que já está com a mão sobre o bloco de notas, a retira a contragosto.

Tonatelli diz para você: – Não dá nem para imaginar o que aconteceria se um pesquisador do nosso tempo descobrisse uma menção a nós dois e a Pablo nas anotações de Leonardo! Seria uma confusão tremenda.

Assim, por meio do senhor Tonatelli, Leonardo passa a saber do cofre, do Código Leonardo e das intenções dos bandidos, que querem decifrá-lo.

– Vou ajudar você – Leonardo garante.

– Leia o enigma para ele! – o senhor Tonatelli pede a você.

Leonardo o escuta com atenção.

– "Pintar as coisas iguais à natureza"... – ele olha para longe, como se a resposta estivesse lá. – Venham! – No quarto ao lado há outra oficina. Um grande quadro a óleo está apoiado sobre um cavalete. Está quase pronto, e mostra a Virgem Maria numa caverna.

– *A Virgem dos rochedos* – Tonatelli sussurra, emocionado. – Ninguém a viu assim, recém-pintada.

– Deixem-me contar a vocês sobre minhas observações! – começa Leonardo. – Quanto mais longe se encontra uma pessoa, um animal, uma árvore ou uma casa, menor vai parecer. Os rochedos ao fundo são, na realidade, maiores que a Virgem Maria, mas como estão muito mais distantes, parecem menores. Uma névoa os recobre, deixando-os azulados. Por isso pintei os rochedos do fundo de azul e não de marrom. Além disso, quanto mais longe as coisas estão, menos nítidas ficam. Parecem então que estão recobertas por um véu de neblina. Vocês também podem ver isso nos rochedos. Os lados e o topo vão ficando cada vez mais imprecisos.

Leonardo fala gesticulando muito. De um monte, ele puxa uma tela com uma pintura inacabada em preto e branco, e continua a explicar:

– Vejam, neste estudo de uma túnica, vocês podem observar o efeito das sombras. Elas dão vida a tudo. Quanto mais perto a sombra está de uma pessoa, mais escura deve ser. Quanto mais longe, mais clara. Fontes de luz forte geram sombras escuras. As sombras de um dia ensolarado têm um aspecto diferente das sombras de um dia nublado.

Ele se volta para o quadro *A Virgem dos rochedos* e prossegue:

– É interessante também perceber que eu preciso de poucas cores; isto é, branco e preto, amarelo, azul e vermelho. Um pintor consegue todas as outras cores a partir da mistura entre elas.

Leonardo se enche de satisfação ao falar sobre suas descobertas e conhecimentos. Agora ele pega um objeto do tamanho de um pequeno criado-mudo, que está envolto num pano. Ele abre uma janela, a luz suave da manhã invade a oficina. Leonardo desembrulha o objeto e uma caixa de madeira pode ser vista. Num dos lados há um pequeno buraco, o lado oposto é aberto.

Ele aponta o buraco na direção de uma árvore que cresce na frente de sua casa. Habilmente Leonardo posiciona as cortinas da janela de maneira que a luz só consegue bater na pequena abertura da caixa. Na parede oposta dá para enxergar a imagem da árvore. Ela está de ponta-cabeça, mas é possível reconhecer cada galho. Leonardo segura um papel sobre a imagem e começa a desenhar: – Desta maneira, reproduzo a forma da árvore com exatidão!

O aparelho que ele usa é chamado de

CÂMARA ESCURA.

Um parente distante da atual

MÁQUINA FOTOGRÁFICA.

Você já sabe o que deve ajustar no quinto anel?

A oficina de Leonardo

Faltam apenas mais dois enigmas para solucionar, então você vai conseguir decifrar o Código Leonardo e finalmente abrir o cofre de pedra.

LIVRO DOS ENIGMAS
O QUE VOCÊ TEM DE PROCURAR AGORA? O QUE DIZ O SEXTO ENIGMA?

Dá para ouvir um barulhão na outra oficina, como se alguma coisa pesada tivesse caído.

Leonardo escancara a porta e lança um olhar inquisidor para o outro lado.

– Bom dia, mestre Leonardo – chama uma voz límpida.

– Salve, Alberto! Disposto para o trabalho? – responde Leonardo.

Para Tonatelli ele diz: – Será que vocês não querem descansar um pouco? Vocês parecem completamente exaustos.

O proprietário do museu aceita a oferta de bom grado. Leonardo o leva a um cômodo escuro. Seu único móvel é uma cama simples de madeira escura, que range perigosamente quando o pesado senhor Tonatelli se deixa cair nela.

Você e Pablo acompanham Leonardo até a oficina grande. Somente agora vocês têm a oportunidade de olhar um pouco em redor. Pablo vai saltitando até uma paleta com tintas recém-misturadas, pisa nela e usa as patas como pincéis. Excitado, carimba as patas sobre uma placa de madeira caiada de branco que está apoiada na parede. E solta uma mistura de latido com uivo, de tanta alegria e satisfação.

Leonardo observa-o atentamente.

– É a primeira vez que vejo um cão pintor – ele atesta, espantado. – Não é bem o estilo que eu uso, mesmo assim seu quadro mostra força e dinamismo.

Salaino chega de fora. Seu rosto está sujo, as calças estão rasgadas.

– Salaino, seu inútil – Leonardo xinga. – Não posso ficar comprando calças novas para você o tempo todo. – Em seguida, ele vai até uma placa de madeira, um lápis em cada mão, e começa a desenhar com ambas as mãos ao mesmo tempo. ***Então ele também sabe desenhar com a mão direita***. Ele risca com segurança e sem pensar muito. As linhas vão formando o contorno de uma mulher.

– Você não devia voltar para a oficina, Salaino?

Salaino dá um sorriso forçado e reclama baixinho:

– Mas me mandaram seguir os bandidos que atacaram o senhor.

Leonardo para de desenhar por um instante.

– Para onde eles foram? O que você viu?

– Eu os segui até a saída da cidade – ele conta. – Ouvi-os conversando. Queriam dormir um pouco, mas não disseram onde. Eles sumiram de repente atrás da casa de telhado verde. Fiquei até agora correndo pela cidade. Minhas pernas estão doendo. Mas eu não os encontrei.

O que está grudado no rosto de Salaino? Mel? Será que ele roubou um pão com mel de novo?

– Bem, então varra o chão agora – Leonardo ordena.

– Estou cansado! – Salaino reclama.

– Mas sua aparência transmite calma e tranquilidade. Portanto, você tem força suficiente para tirar o pó até do último cantinho.

Resmungando, Salaino caminha batendo os pés até chegar à vassoura, pega-a e faz de conta que está varrendo. Fazendo graça, ele a mete no meio de seus pés, vira como se fosse uma chave de fenda e, pronto, você já está com o traseiro no chão. Leonardo não percebe, e rapidamente Salaino volta a agir como se estivesse apenas ocupado com a limpeza do chão.

Leonardo não é muito organizado. Uma mesa e muitas cadeiras estão repletas de esboços, folhas, projetos e blocos de anotações. É provável que ele não goste muito de arrumação.

Nesse meio-tempo chegam mais dois moços. Eles cumprimentam Leonardo com uma reverência e começam a trabalhar. Um deles, que aperta os olhos toda hora para checar alguma coisa, está pincelando um quadro que mostra uma paisagem. O outro, um pouco mais velho, está com a cabeça inclinada diante de um quadro com a Virgem e o Menino Jesus. As mãos e os rostos ainda não estão pintados. Leonardo está trabalhando numa coluna de pedra.

– Agora a obra está à sua espera, mestre Leonardo – diz ele, voltando-se para o grande artista.

Leonardo não pintou tudo sozinho?

– Já estou indo – Leonardo responde. Ele faz os contornos, seus ajudantes pintam algumas partes, mas ele fica com as mãos e o rosto das pessoas.

Alberto está sentado num canto diante de algumas flores murchas. A luz do sol incide sobre elas através da janela. O jovem pintor se debruça sobre as flores e olha para elas fixamente, como se pudesse fotografá-las com os olhos. No papel à sua frente, só há alguns poucos traços.

Leonardo chega por trás e coloca uma mão sobre seu ombro.

– Vá em frente, desenhe o que você está vendo. Os exercícios e os estudos de luz e sombra farão de você um grande artista.

Salaino se comporta de maneira suspeita.
Ele tem algo de estranho. Mas o quê?

Devia estar sem fôlego, se correu o tempo todo, como ele diz.

Um quadro cai

A porta da frente bate com força.

O barulho chega até vocês como um tiro que atinge a caça. Leonardo e seus ajudantes levantam o olhar, assustados.

– Os malandros! – Leonardo diz a meia-voz, larga o lápis e se movimenta em direção à antessala.

Pablo, Salaino e você o seguem. As orelhas de Pablo giram para a direita e para a esquerda. Seu focinho se mexe, mas o pelo não está eriçado. Não ainda?

– Para trás! – Leonardo ordena severamente a vocês.

Ele acena para os outros o acompanharem. Armados com grandes tinas de tinta, os apoios de um cavalete e um balde de madeira, eles deixam a oficina. Leonardo fecha a porta atrás de si. Para que vocês não possam segui-lo, ele vira a chave duas vezes.

Será que o doutor Malfatto e dona Malva voltaram?

Com um palavrão em voz alta, Salaino arremessa a vassoura de piaçava. Pablo pula e tenta pegá-la com a boca, mas só abocanha o ar. A vassoura voa exatamente na direção do novo quadro, e passa raspando pela ponta dos seus dedos.

A desgraça é inevitável. O cabo pesado atinge o quadro, fazendo um barulho forte. **O quadro tomba para o lado, cai do cavalete e vai para o chão, com o lado pintado virado para baixo.**

Vocês três ficam só olhando, com a respiração presa.

Risadas abafadas passam pela porta fechada. Não parece que os homens de Leonardo encontraram o doutor Malfatto.

Vocês escutam Leonardo dizer: – Aproveitem e façam uma pausa!
Passos se arrastam pelo chão de madeira e cadeiras são empurradas.
No quarto ao lado estão Alberto e os outros pintores.
Mas vocês três ainda estão na oficina, e o quadro está caído à sua frente.
Pablo fareja-o insistentemente, parecendo querer dizer: "Isto cheira a confusão".
Com certeza o grande Leonardo ficará muito bravo quando descobrir a tragédia.
Salaino enche os pulmões de ar e anda com cuidado ao redor do quadro, como se ele pudesse atacá-lo a qualquer momento. Com a ponta dos dedos, ele segura um canto e levanta o quadro. Solta um suspiro de alívio. À primeira vista, o quadro parece estar ileso. Se olharmos bem, entretanto, é possível enxergar uma mancha clara onde a tinta saiu.
– O mestre vai perceber com certeza – lamenta Salaino, que ficou mansinho de repente.

Vocês precisam consertar isso imediatamente! Misturem as cores e tentem!

Salaino aponta o indicador para você: – Vou dizer a mestre Leonardo que você o estragou.
Pablo rosna irritado para Salaino, fazendo de conta que é um cachorro bravo.
Para se defender, Salaino levanta os braços. Ele respeita os dentes de Pablo, começa até a gaguejar de nervoso.
– Nós... nós podemos tentar... consertar. Já vi muitas vezes... como o mestre pinta.
E conta o que tem em mente.

– Primeiro, a placa de madeira que será pintada tem de ser preparada. Para isso, recebe uma primeira demão de uma mistura de gesso e cola. O tema é desenhado sobre essa base. As tintas a óleo são feitas a partir de óleo e pó de tinta. Leonardo dilui as tintas com bastante terebintina e as aplica de maneira bem delicada. Muitas camadas de tinta são sobrepostas. Mas, espere: às vezes Leonardo usa também outras tintas. Ele as chama de têmpera. Para isso, mistura pó de tinta com gema de ovo.

Uma discussão acalorada vem da antessala. As paredes e as portas abafam as palavras. Dá para perceber, porém, que a conversa gira em torno de um quadro. As vozes vão diminuindo. Certamente Leonardo estará logo de volta, e vocês ainda nem restauraram o quadro!

Agitado, Salaino mistura as tintas em tinas e tigelas, até em uma concha. São surpreendentes os pós de tinta que ele utiliza.

Leonardo pede ao visitante que o acompanhe até a oficina onde apresentou a vocês a câmara escura. Antes de vocês conseguirem lançar um olhar ao desconhecido, o mestre já fechou e trancou a porta de ligação para a oficina onde vocês estão. Melhor assim! Salaino ainda está ocupado com a restauração do quadro.

– Meu senhor está esperando pela finalização já faz quatro anos.

Através de um buraco na madeira, você consegue enxergar o visitante. É um homem com roupas elegantes. Seu rosto está vermelho de raiva, e os punhos estão cerrados. Ao falar, ele fica alternando o peso do corpo entre um pé e o outro.

– Então, quando o senhor finalmente vai terminar o quadro?

Leonardo permanece calmo. A raiva do visitante não o abala.

– Ainda não achei o rosto adequado. Deixem-me continuar procurando! Apenas o rosto de um homem que me parecer adequado pode fazer parte do quadro.

Essa resposta não satisfaz o visitante. Ele volta a xingar, mas Leonardo permanece impassível.

Salaino está ajeitando o cavalete, sobre o qual recolocou a placa de madeira.

– O grande mestre está sempre querendo começar a próxima obra. É por isso que não termina a que começou! – ele segreda a você. Mal-humorado, continua: – Ele vive pedindo para terem paciência.

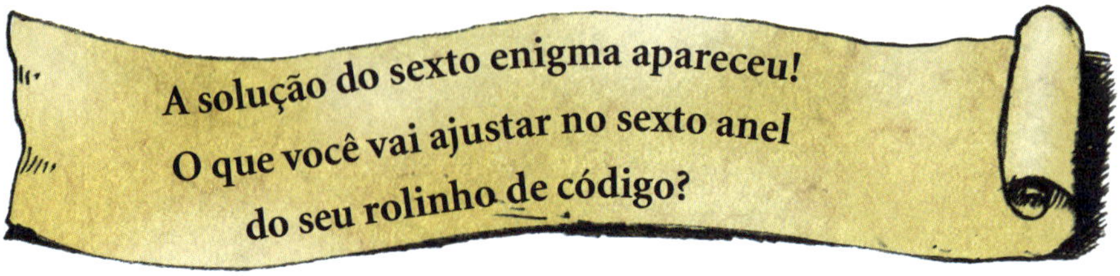
A solução do sexto enigma apareceu!
O que você vai ajustar no sexto anel
do seu rolinho de código?

A disputa entre os pintores

Salaino foi muito habilidoso e retocou direitinho a pequena mancha do quadro. A tinta, entretanto, agora precisa secar.

– Não faz muito tempo, o mestre deixou um quadro cair da parede – ele diz, sorrindo.

Pablo fica com o pelo eriçado – mas, desta vez, o culpado não é Malfatto. Como assim? O grande Leonardo fez algo que não deu certo? Isso é possível? Salaino está deitado no chão, apoiado nos cotovelos: – Vou contar para você, mas depois você vai ter de contar alguma coisa para mim.

Combinado!

– Aconteceu assim... – ele começa.

– Leonardo recebeu uma encomenda de um mural no Palazzo Vecchio, em Florença. Ele deveria retratar a vitória de Florença sobre Milão na batalha de Anghiari.

Durante muito tempo ele não ficou feliz com a encomenda, pois descobriu que seu grande concorrente, Michelangelo, estava encarregado da outra parede. E ele queria superá-lo de qualquer maneira, porque não gostava muito de Michelangelo.

Primeiro ele desenhou o mural no papel. Foi preciso juntar 950 folhas de papel para isso. Mesmo assim, a tragédia aconteceu.

O óleo que Leonardo usou era de má qualidade, e quando ele já tinha pintado um pedaço...

Deveria ser uma pintura a óleo, e Leonardo comprou o material necessário: 30 quilos de breu grego, 75 litros de óleo de linhaça, 225 quilos de gesso, 16 quilos de alvaiade (pigmento branco usado em pinturas exteriores), 12 quilos de soda cáustica, 311 ml de óleo de noz e algumas folhas de ouro.

... a tinta descascou e, depois, o reboco da parede despencou.

Como terminou a disputa entre Michelangelo e Leonardo?

Com os pés calçados com os tênis que ele tirou de você, Salaino desenha alguns círculos no chão e ri.

– Leonardo desistiu. Ele viajou até Milão, pois o rei francês tinha uma encomenda para lhe fazer. Ele precisava trabalhar para príncipes e reis, pois eles pagavam bem.

E Michelangelo? Terminou seu trabalho?

Salaino balança a cabeça e seus cachos também se mexem: – Também não. Nem começou. O papa chamou-o até Roma para pintar uma capela de lá. Seu nome é Capela Sistina.

Puxa, às vezes as coisas dão errado até com os grandes pintores. A porta da oficina se abre, e Alberto e os outros pintores voltam. Atrás de Alberto vem um homem magro. Seus braços estão sujos de massa, e uma nuvem de poeira branca sobe quando ele bate no avental.

– Ele roubou três pães com mel durante a noite – ele começa a ralhar, o dedo apontado para Salaino, que encolhe a cabeça cheia de cachos.

– E hoje de manhã ele comprou mais um pão com mel da minha esposa, e pagou. Pagou com moedas. Ele deve tê-las roubado!

– Conte a verdade, pestinha! – Alberto segura Salaino pela orelha e o ergue até ele ficar na ponta dos pés, o corpo bastante curvado para um lado. Do seu bolso caem moedas tilintando pelo chão. – Onde você conseguiu o dinheiro?

Com voz aguda de tanta dor, Salaino diz, num fiapo: – Ganhei! Do homem do queixo pontudo.

Do homem do queixo pontudo? Do doutor Malfatto!

O pestinha

Leonardo voltou para a oficina.

– Do homem do queixo pontudo? O que você teve de fazer para ele? – o mestre pergunta, bravo, as mãos esticadas de maneira enérgica ao longo do corpo.

Ele faz sinal para Alberto largar Salaino. Alberto solta a orelha de Salaino, fazendo-o cair junto aos pés de Leonardo.

– Perguntar para as visitas... – ele confessa, choroso, e aponta para você e Pablo – ... sobre um gódico.

Ele deve estar querendo dizer código, o Código Leonardo!

Leonardo balança a cabeça, triste.

– Nunca mais vou fazer isso! – Salaino promete, e acrescenta: – Não fique bravo. Por favor!

Onde está o doutor Malfatto? Onde ele se escondeu?

Você precisa descobrir isso sem falta.

E vocês precisam da **bússola azul** do tempo.

Salaino já se levantou. Ele bate a poeira das calças rasgadas.

– Vou procurá-lo. Prometo. Acreditem. Desta vez é de verdade.

Você pode confiar nele?

Antes de alguém conseguir detê-lo, Solaino já está longe. Pablo dá uma rápida olhada para você, pisca e começa a persegui-lo.

Por segurança, desta vez ele não deixará Salaino sozinho.

A espera começa.

O tempo passa deeeeevaaaagaaaaaar.

Deve ser hora do almoço – pelo menos sua barriga está roncando, e Leonardo traz pão e frutas. O senhor Tonatelli acordou. Ele manca até a oficina com a perna dura, seu rosto está todo amassado.

Ainda não há notícias de Pablo e Salaino!

O senhor Tonatelli observa com interesse um desenho que Leonardo pendurou.

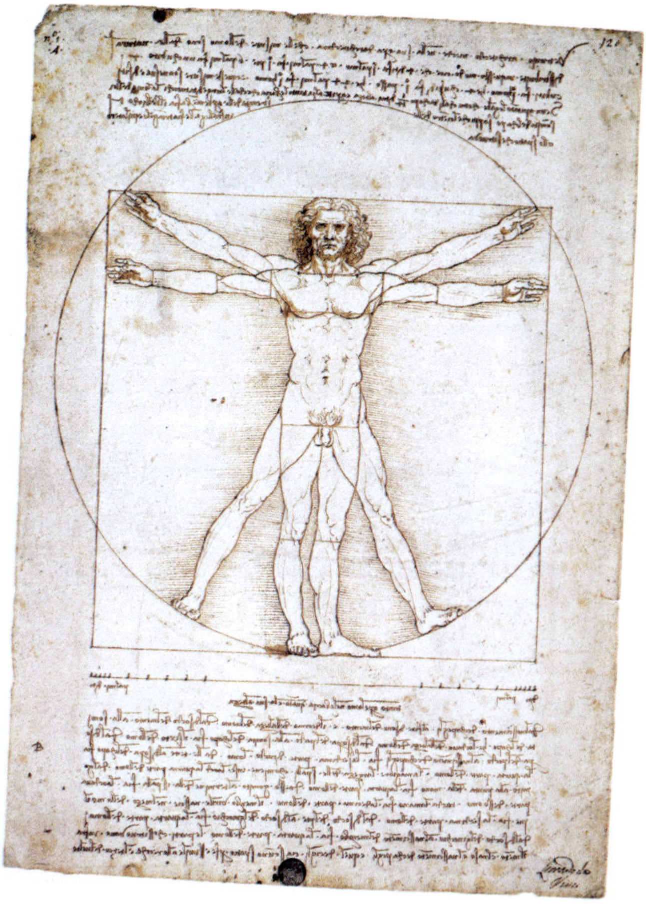

– Todos nós temos um ponto central! – Leonardo explica.

O que ele quer dizer com isso?

Ele aponta o umbigo desenhado.

– Este é o ponto central do círculo.

O homem do desenho de Leonardo cabe perfeitamente no círculo, e também no quadrado.

– Medi muitas pessoas – Leonardo continua. – Do couro cabeludo até a ponta do queixo, dá exatamente um décimo do tamanho do corpo.

Sério? Confira essa medida!

– E, dos mamilos até o alto da cabeça, dá exatamente um quarto da medida dos dedos dos pés até o alto da cabeça.

Será verdade? Pegue uma fita métrica e teste em você mesmo!

Leonardo continua: – Uma criança com três anos de idade alcança metade do tamanho que terá quando for adulta.

Ele busca um pacote de desenhos e os espalha na frente de vocês.

Todos mostram pessoas. Pessoas nuas.

– Preciso estudar com precisão o comprimento dos braços e das pernas, do peito e da cabeça – diz Leonardo.

A relação das partes do corpo entre si chama-se proporção. Para Leonardo, as proporções eram importantes. Ele achava que havia harmonia quando as proporções estavam corretas.

Apenas um dos desenhos abaixo mostra uma pessoa com as proporções corretas. Você consegue descobrir qual?

O desenho com os dois braços em linha reta.

Muito enigmático

Logo depois, acontece algo extremamente enigmático. Uma visita bate à porta da casa de Leonardo. O mestre abre e se vê diante de um homem com hábito de frade. O capuz largo está bem puxado sobre o rosto, que fica oculto pela sombra. Sem dizer palavra, o desconhecido entrega uma caixinha de madeira para Leonardo. Em seguida, dá meia-volta e vai embora com passos apressados.

Surpresa número um:

Leonardo abre a caixinha e retira dela um objeto que você conhece. Você nunca o viu, mas sabe exatamente o que é.

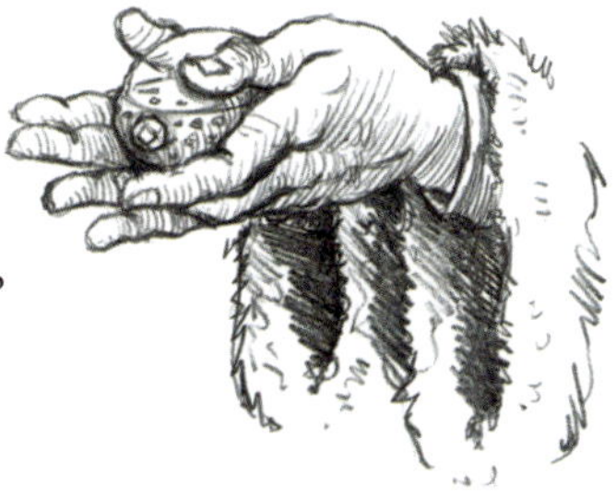

Surpresa número dois:

Você sabe quem é o frade. É apenas uma suspeita, mas dá até para apresentar uma prova disso.

Quem é o frade? Como dá para saber?
O que ele trouxe na caixinha?

É Malfatto. Seus sapatos estão aparecendo sob o hábito. Ele trouxe a bússola azul.

Deve ser uma armadilha! Não há outra explicação. Ou será que há?

Minutos depois chegam Salaino e Pablo, que está com o focinho grudado no chão, farejando insistentemente.

Ele está seguindo a pista de Malfatto, que leva outra vez à casa de Leonardo.

Pablo late e abana o rabo, nervoso.

Ele volta a seguir seu faro e sai correndo ruela abaixo, na direção que Malfatto tomou. Junto ao rio, ele perde a pista.

O malandro deve ter nadado. Sumiu.

Onde está dona Malva?

Por que Malfatto trouxe a ***bússola azul****?*

O que ele fará agora?

Como ele vai fazer para conseguir sair do tempo de Leonardo?

Será que ele quer ficar?

Será que perdeu o interesse em abrir o cofre de pedra?

Qual é o seu plano?

Perguntas e mais perguntas!

O senhor Tonatelli confirma a autenticidade da **bússola azul**.

Caso o senhor Malfatto não tenha mexido em nada nem quebrado nada, ela vai funcionar e levar vocês de volta ao presente.

Será que Malfatto desistiu de verdade?

Tonatelli explica um plano como se estivesse dando ordens, pois agora é preciso correr:

– Precisamos abrir o cofre de pedra e colocar seu conteúdo em segurança. Para isso, precisamos da solução do sétimo enigma.

QUAL É O SÉTIMO ENIGMA?

Leonardo tenta entender o que isso significa, mas não compreende e balança a cabeça, desolado. Ele não tem ideia do que o enigma quer dizer.

Tonatelli continua no comando: – Com a ajuda da **bússola azul,** você e Pablo me levam de volta para o museu. Com a **bússola vermelha** vocês continuam procurando a solução. Eu vou ficar tomando conta do cofre, pois não confio em Malfatto.

Triste, Leonardo se despede de vocês. Ele ainda tinha tantas perguntas a fazer. Mesmo Salaino seca os olhos, constrangido.

Um raio frio e azulado sai da **bússola azul**. Ele os envolve e os arranca imediatamente do solo, como um tufão.

O barulho ensurdecedor de uma tempestade ecoa nos ouvidos de vocês. Como o de uma secadora de roupas que vai parando, ele se torna cada vez mais grave e menos alto.

Vocês estão na abóbada do salão do museu. Entre as colunas dá para ouvir o chiado de um pé de vento, que por fim cessa.

O senhor Tonatelli solta um suspiro profundo, aliviado. A missão que você tem agora é: voltar para outros anos da vida de Leonardo! Pesquisar suas maiores obras de arte! Decifrar o sétimo enigma! Depois de mexer na pedra preciosa vermelha, o proprietário do museu lhe entrega, com o rosto alegre, as duas bússolas. Pablo arranha tanto a perna de sua calça que você o pega no colo. Ele vai acompanhá-lo. É claro que sim!

A maior obra de arte

Com a velocidade de um raio, a bússola vermelha o leva de volta ao tempo de Leonardo, para uma praça ampla. Pablo se desvencilha do seu colo e pula no chão de areia.

Há pessoas observando a imponente estátua que se ergue na frente de vocês. Vocês estão embaixo da estátua de um cavalo, imensa. Pelo menos do tamanho de uma casa de dois andares.

Dois homens conversam ao lado de vocês. Um levanta as sobrancelhas e fala baixo, com uma voz nasalada:

– Por quanto tempo a estátua de Leonardo resistirá ao sol e à chuva? O cavalo é de argila!

O outro homem estala a língua depois de cada frase e diz, todo importante:

– Isto aqui é apenas a forma. Ele pretende moldar o cavalo em bronze. Mas a guerra não permite. O bronze é usado para fazer balas de canhão.

– Uma bela obra! – reconhece o homem das sobrancelhas levantadas.

– Cavalos são os animais de que mestre Leonardo mais gosta – diz seu companheiro de conversa, estalando a língua.

Como se diz "cavalo" em italiano?

CAVALLO.

Que vergonha! Pablo levantou a perna junto ao pedestal. Quando ele percebe o seu olhar de reprovação, logo estica o focinho para cima. "Eu sou apenas um cachorro e às vezes também fico com vontade de fazer xixi", é o que ele parece querer dizer.

Mas não nessa grande obra de arte!

A solução do enigma não deve estar por aqui.

Afinal, seu texto diz o seguinte:

Uma grande obra de arte estava pendurada,
que maçada!,
em uma sala úmida e abafada...

É impossível que esse cavalo gigante tenha estado pendurado. Então, é hora de girar de novo a pedra preciosa vermelha da bússola. Vamos em frente.

Para grande decepção de Leonardo, a estátua do cavalo gigante nunca foi moldada.

A última ceia

A **bússola vermelha** leva vocês até uma sala comprida, não muito larga. O silêncio que os recepciona denota um clima de veneração. Vocês estão na cabeceira de uma mesa de jantar de madeira escura. Certamente aqui há lugar para vinte pessoas ou mais.

No final do cômodo, meio andar acima do chão, a parede tem uma passagem. Vocês olham para uma sala grande com uma segunda mesa. Ela está disposta na transversal, como se formasse um T com a mesa da outra sala.

Enquanto vocês estão sozinhos na sala, um pequeno grupo se reuniu ao lado. O anfitrião é um homem barbudo. Outros homens, imersos em conversas, estão sentados à direita e à esquerda dele.

Um momento!

Isso não é uma segunda sala! Você está olhando para um quadro. Ele está pintado diretamente sobre a parede. O teto de madeira, que está sobre a cabeça de vocês, continua no quadro e dá a impressão de estarmos numa segunda sala.

Pablo está muito quieto, nem sequer dá umas bisbilhotadas. Com a pata amarela, ele aponta para um homem que está diante da pintura, sobre uma escada.

É o mestre Leonardo. Sem se virar para vocês, ele aponta para uma figura do quadro. É um homem sem rosto.

– Procurei por toda a cidade de Milão, mas ainda não encontrei um rosto para Judas. Assim não consigo terminar a pintura.

Um monge de hábito marrom passa por uma porta. Ele está trazendo uma tigela de sopa e batendo com uma colher de pau na borda.

– Mestre Leonardo, o senhor precisa comer. E o senhor nem bebeu nada hoje! Não é possível continuar assim. Pense na sua saúde!

O monge descobre você. Pablo não, ele achou algumas migalhas de pão no chão e as está lambendo. Quando o monge percebe seu olhar cheio de dúvida, vem até você. Ele ainda não é muito velho, e seu rosto irradia felicidade.

– Você também consegue escutar Jesus? – ele sussurra a você.

O que ele quer dizer com isso?

– O afresco mostra Jesus e seus discípulos no momento em que Ele diz: "Eu lhes garanto, um de vocês vai me trair".

Os olhos de Jesus atraem você como se fossem ímãs.

– Às vezes, quando estou na frente da pintura, tenho a impressão de flutuar – o monge diz, em voz baixa. Ele ainda tem muita coisa para contar.

Os rostos na pintura são de conhecidos moradores de Milão. Leonardo procurou modelos inclusive para as mãos.

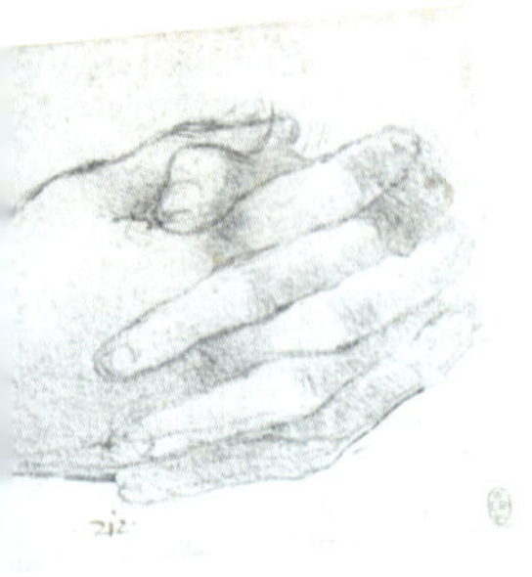

As linhas da perspectiva se encontram no olho direito de Cristo. É por essa razão que a pintura atrai tanto quem a observa.

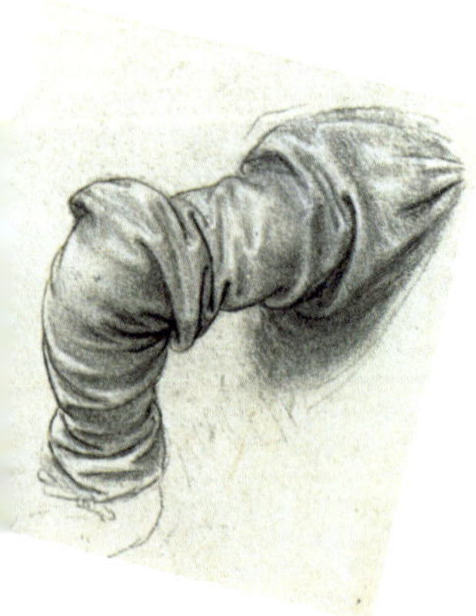

Um rei gostou tanto da pintura que queria comprá-la e levá-la consigo. Mas toda a parede teria de ser destruída e, por isso, ela ficou mesmo no convento em Milão.

Leonardo marcou o traidor.
Ele está derrubando o saleiro.
Sal derramado era sinal de grande azar.
Onde está sentado o traidor?

É o terceiro à direita de Jesus.

Leonardo dá uma bufada:

– O dedão. Não sei a sua forma! – ele reclama, desce da escada e sai rapidamente. O mestre está imerso em pensamentos e não percebe você nem o monge, e também nem tocou na sopa. Ele precisa, sem falta, olhar novamente para mãos de verdade.

A Última Ceia também não pode ser a solução do último enigma. É uma grande obra, sem dúvida. Mas não está pendurada, e sim pintada na parede. Pablo volta a ficar do seu lado e passa a língua pelo próprio focinho. Vocês precisam continuar.

A **bússola vermelha** não reage quando você gira a pedra preciosa. Também não dá para puxá-la ou tirá-la da bússola. Será que emperrou?

Alguma coisa se mexe no seu bolso. Ela marca o tecido e o cutuca, como se quisesse chamá-lo. Deve ser a **bússola azul**.

É a **bússola azul**! Sob o vidro arredondado, dá para reconhecer o Museu da Aventura, e o senhor Tonatelli, pequeno como um feijão, está lá acenando. Talvez seja para você voltar. Pegue Pablo no colo e gire a pedra azul.

Mas só quando o monge tiver saído da sala. Senão o coitado vai ficar totalmente confuso.

O segredo de Mona Lisa

– Tudo errado! Deve ser a Mona Lisa.

O senhor Tonatelli recepciona vocês com essas palavras. Agora ele se apoia em duas vassouras de ponta-cabeça, como se fossem muletas, e corre com elas pelo museu. Pablo e você precisam se esforçar para acompanhá-lo.

– Eu só estava pensando nas obras GRANDES – ele explica enquanto anda. – Mas com certeza deve ser o quadro mais famoso que Leonardo pintou.

Vocês chegam até a porta da Sala dos Quadros Vivos.

– Fale com ela. Certamente ela poderá ajudá-lo. Nos encontramos depois no cofre de pedra!

Pablo fica de pé e pressiona as patas dianteiras contra a porta vermelho-cereja, que se abre, convidativa. Mal entram no salão, a porta torna a se fechar atrás de vocês.

Apoiado nos cabos de vassoura, o senhor Tonatelli chega à Sala Mágica para trancá-la. Ao puxar a porta verde-musgo, seu olhar cruza com o do retrato de Leonardo na parede.

– Com o pincel usado! – ouve-se uma voz do quadro. Por um momento ele se sente como se alguém estivesse amassando seu coração. O que ele está vendo só pode significar **uma** coisa. Ele quer avisar você, mas, quando dá meia-volta, o caminho está bloqueado.

A Sala dos Quadros Vivos está diferente desta vez. O chão e as paredes são de mármore cinza-amarelado. Um pequeno quadro está pendurado na frente de Pablo e parece quase uma miniatura. A mulher sorridente nele é Mona Lisa. O quadro não é maior do que a tela de uma TV pequena.

Pablo late para o quadro, incitando-o. Mona Lisa abaixa o olhar na direção dele, sorrindo, e depois se dirige a você. Agora você realmente pode fazer perguntas a ela.

QUEM É A SENHORA?

– Eu me chamo Lisa del Giocondo. Sou a mulher de um rico comerciante de Florença. Foi ele quem encomendou este quadro a Leonardo.

POR QUANTO TEMPO LEONARDO FICOU TRABALHANDO NO SEU RETRATO?

– É provável que quatro anos. Não há esboços. Nos blocos de anotações, não há nenhuma referência sobre mim.

POR QUE ESTE QUADRO É TÃO FAMOSO?

– Leonardo queria sempre retratar as coisas de modo muito fiel. As pessoas diziam a meu respeito: no pescoço dela dá para ver as veias pulsando. Talvez eu também seja tão famosa porque ninguém tinha pintado um rosto de maneira tão real antes. É como se minha alma estivesse exposta.

POR QUE SEU SORRISO É TÃO ENIGMÁTICO?

– Isso continuará sendo um segredo meu e de Leonardo.

PARECE QUE VOCÊ ESTÁ ENVOLTA NUMA NEBLINA. ISSO É UMA ILUSÃO?

– Bem observado! Leonardo nunca fazia traços bem definidos entre o claro e o escuro. Há sempre uma transição. Como na neblina ou na fumaça.
Esse efeito é chamado de sfumato, *que significa "esfumaçado" ou "enevoado". Com essa técnica, Leonardo conseguiu eliminar contrastes marcantes entre o primeiro plano e o plano de fundo, fazendo com que as coisas não pareçam recortadas e coladas, mas, ao contrário, deem uma impressão bem realista.*

O QUADRO PARECE SER UM POUCO ESCURO!

– Antigamente meu rosto era rosado, com o passar do tempo o quadro escureceu.

Onde bate a luz no rosto de Mona Lisa?
Você pode descobrir por meio das sombras!

No alto, à esquerda.

O SÉTIMO ENIGMA!

Será que Mona Lisa sabe a resposta?

Ela ouve com atenção quando você lê o enigma. Em vez de responder, ela apenas continua sorrindo de forma enigmática. Ela é bonita mesmo, mas neste momento o seu sorriso IRRITA.

O senhor Tonatelli está junto ao cofre de pedra e espera impaciente por você. Ele não para de passar as mãos pelos anéis frios, os dedos brincam nas fendas dos símbolos, letras e desenhos entalhados. Ele gira um anel como teste. Há o rangido da areia, e se ouvem uns cliques.

Clique-clique-clique.

Todos os cliques parecem iguais. Pelo som, portanto, não dá para saber qual símbolo deve ser inserido. Ele abre a boca para dizer alguma coisa.

Um **Psssiiiiuuuu!** agudo o impede.

Na Sala dos Quadros Vivos, Mona Lisa fala com a voz macia:

– *Escute o que vivi durante quinhentos anos!*

Pablo apura os ouvidos.

– *Leonardo nunca me passou para a frente. Quando ele foi para a França, já um homem velho, fiquei com Salaino.*

Foi ele quem, mais tarde, me vendeu ao rei da França.

– *Estive pendurada em paredes de muitos castelos.*

Mas não apenas em salões finos, também fiquei em banheiros.

– O imperador Napoleão me pendurou no seu quarto. E foi ele quem permitiu que eu fosse exposta no famoso Museu do Louvre de Paris.

– Também já fui roubada, em 1911. Um pintor italiano me pegou. Mas fui encontrada e voltei para minha sala no Louvre.

– Passei por várias coisas horríveis. Já derramaram ácido em cima de mim, e a parte de baixo foi danificada. Demorou muitos anos até que pintores habilidosos me restaurassem.

– Hoje estou pendurada atrás de um vidro grosso, inquebrável. Não posso mais viajar. Quem quiser me ver, tem de me visitar.

– Muitas pinturas já me imitaram. Nem sempre com sucesso!

Será que agora você consegue decifrar o enigma e ajustar o símbolo do sétimo anel no seu rolinho?

Decifre o código!

Agora você já conhece todas as sete respostas!

Chegou a hora! Finalmente o cofre de pedra pode ser aberto!

Ao deixar a Sala dos Quadros Vivos, de repente Pablo começa a latir bem forte.

Dá para ouvir um **clique** metálico!

Pablo estica o nariz para o alto e seu rabo começa a girar. Ele sai dando pulos e mais pulos. O que aconteceu com ele?

O senhor Tonatelli está esperando na câmara sombria no final do corredor.

– Será que você não precisa ir para sua casa? – ele fala de supetão.

Ir para casa? Agora?

Há um brilho nos olhos dele. Ele está com a cabeça levemente inclinada para a frente, como se quisesse dizer-lhe algo extremamente confidencial.

Sobre ele, balança uma lâmpada pendurada num fio. O pó ainda está dançando no ar. O cheiro é de mala velha e couro.

Dá para escutar um barulho atrás da pilha de caixas de madeira. Um rato, provavelmente. De uma das salas do museu, ouve-se um ganido estridente.

O que foi que Pablo achou? Depois de um momento de silêncio, ele se manifesta de novo, com sons que revelam muito medo.

Através da porta, o senhor Tonatelli mira o corredor por sobre seu ombro.

O doutor Malfatto está vindo por ali. Ele carrega Pablo embaixo do braço.

Com a outra mão, segura seu focinho. Pablo tenta reagir, mas os braços finos de Malfatto têm mais força do que se imagina.

– Balas de goma também podem ser perigosas – ele explica para Pablo, como se o cachorro fosse uma criança.

O clique! Veio da lata dele! Pablo não conseguiu resistir às balas de goma e caiu na armadilha.

Também não foi nenhum rato que fez barulho atrás das caixas, e sim a dona Malva. Ela está de novo com sua jaqueta de couro apertada demais e, exatamente agora, briga com o zíper que não quer fechar.

– Ajuste o código! – ela ordena a você. – E pare de me olhar assim. Estão fazendo essas jaquetas cada vez menores. Vou dizer umas verdades para o costureiro!

Mas como os dois voltaram para o presente?

– Vamos logo! – bufa Malva. Atrás de você, Malfatto aperta o indefeso Pablo mais um pouquinho. O cachorro solta um ganido fraco. Malva se vira para o doutor Malfatto e dá umas piscadinhas.

– O senhor conseguiu de novo, doutor. Preciso parabenizá-lo.

Malfatto está com o olhar fixo no cofre de pedra.

– Eu ainda não tenho o que quero.

– É apenas uma questão de segundos! – diz ela enquanto se volta de novo para você, deixa os dentes à mostra e solta um som como se fosse um cachorro bravo, prestes a dar o bote.

– Malva! Silêncio! – ordena o doutor Malfatto.

– Perdão – diz a mulher, submissa. E chispa na sua direção: – O código! Senão o doutor vai fazer salame do seu cachorro.

Você não tem escolha!

Você sente que os anéis de pedra estão frios, parecem de gelo.

A coluna faz cliques e claques, como se um relógio com grossas engrenagens estivesse sendo posto em movimento. Malfatto e dona Malva, muito ansiosos, ficam olhando para a tampa. Depois de você virar o sétimo e último anel, dona Malva o empurra e tenta pegar a coluna, com seus dedos curtos e grossos.

– Não se mexa! – ela rosna, censurando-o.

Será que o código não está certo?

Para uma checagem, aqui está o que deve ser ajustado:

harpa | helicóptero | braço | arminho | câmara escura |
concha | banheira

O código está correto. Apesar disso, o cofre de pedra permanece fechado.

– Vou torcer o pescoço do vira-lata – Malfatto ameaça, com frieza.

– Não, por favor, não! Com certeza é um truque do meu bisavô!

Tonatelli se apoia na coluna e começa a manquitolar ao seu redor.

Ele deve ter uma razão para fazer isso!

OBSERVE SUA TORRE DE CÓDIGO COM ATENÇÃO. HÁ UMA PALAVRA A SER DESCOBERTA. QUAL É E O QUE SIGNIFICA?

A palavra já apareceu neste livro, e nem faz tanto tempo assim.

Será uma dica para o verdadeiro Código Leonardo?

Será que é preciso ajustar o cofre de pedra de uma maneira bem diferente?

Encontre a palavra!
Ela está relacionada com o código verdadeiro...

Tonatelli está bem perto e pisca para você. Vocês dois sabem a solução.

Mas como será possível salvar Pablo e ao mesmo tempo não deixar o conteúdo do cofre cair nas mãos de Malfatto?

– Vou contar até três e minha paciência vai acabar! – doutor Malfatto ameaça.

– UM!

Dona Malva solta um "he-he-he" malicioso.

Pablo sabe que fez algo errado e está choramingando.

O senhor Tonatelli dá uma fungada e balança o lenço xadrez.

Você sabe o Código Leonardo. Mas o que deve fazer?

– Me dê a **bússola vermelha** – pede o proprietário do museu.

O que ele vai fazer com isso?

Com a mão em concha, Tonatelli pega o aparelho. Malva fica olhando, irritada.

Os olhos de Malfatto tornam-se fendas estreitas e cheias de maldade.

– DOIS!

– O senhor não precisa dessa coisa agora! – sibila a dona Malva.

Muito a contragosto, o senhor Tonatelli estica a mão com a **bússola vermelha** e Malva faz um movimento brusco para pegá-la.

O aparelho oval já está na palma da mão gorda da dona Malva, quando Tonatelli aperta a pedra preciosa vermelha e puxa rapidamente a mão.
O raio é mais claro que a luz do meio-dia e solta uma onda quente. Ofuscados, vocês precisam fechar os olhos.
Ainda dá para ouvir um grito desesperado da dona Malva no caminho de luz brilhante, que ecoa como se ela estivesse passando num túnel feito um trem de alta velocidade.
– Malva? – Malfatto pergunta, quase em tom de censura.
Tudo o que restou da ajudante do doutor são apenas as marcas dos seus sapatos na poeira do chão.
– Isso já é demais! – rosna Malfatto. Ele quer machucar Pablo. Vamos lá!
Faça alguma coisa para distrair Malfatto.
O doutor está mexendo com os lábios para dar seu sorriso de desprezo, quando vê que você pegou algo nas mãos. Só agora ele percebe a situação: para segurar Pablo, ele precisa das duas mãos. Desse jeito, ele não consegue pegar o punhal de faíscas. Mas, com a vassoura, você pode desequilibrá-lo.
Para isso, só é preciso colocá-la entre os sapatos pretos dele e virá-la para o lado, como Salaino fez com você na oficina de Leonardo.
Malfatto solta um palavrão bem cabeludo, tenta recuperar o equilíbrio com os braços, deixa Pablo cair e acaba, ele também, caindo de costas no chão. Ele se mexe como uma lagartixa, mas não consegue se levantar.
Pablo salta sobre seu peito rosnando forte. Arreganha os dentes e os mantêm, ameaçadores, junto ao pescoço de Malfatto. O bandido parece que está petrificado. O focinho de Pablo está perto demais e sua raiva é imensa.
– A dona Malva e o doutor Malfatto voltaram com o auxílio da **bússola azul** até o museu, e Malva ficou. Malfatto pôde voltar ao tempo de Leonardo através

do quadro, e a sua ajudante ficou esperando ao lado do quadro para resgatá-lo na hora certa – Tonatelli explica.

O doutor quis deixar vocês fazerem o trabalho, abrindo o cofre para ele.

Mas não deu certo.

Meia hora depois, a polícia vem buscar o doutor Malfatto.

– Ele me assaltou – Tonatelli alega para o policial.

Vocês ainda conseguem ouvir Malfatto xingando, ao ser levado preso:

– Aquele nabo gordo estragou tudo. Por que fui escolher logo ela para este trabalho sujo? Um cérebro de minhoca!

Se a dona Malva pudesse ouvir o que seu venerado chefe pensa sobre ela, ai, ai…

Agora que o malvado Malfatto se foi, na companhia pouco agradável dos policiais, vocês podem finalmente se dedicar ao cofre de pedra. **CAVALLO** é a palavra formada pelos anéis, e essa é a informação decisiva. O Código Leonardo é composto por sete cavalos que estão gravados nos anéis do cofre de pedra do museu.

Quando começa a colocação, as mãos de Tonatelli tremem. Cavalo após cavalo vão aparecendo entre as setas. Quando ele leva o último ao lugar certo, o interior do cofre começa a se mexer vigorosamente. São rangidos, cliques, estalos, trepidações – parece que uma longa corrente está sendo puxada sobre uma chapa de metal.

No começo, a tampa da coluna balança um pouco, depois ela se solta e você consegue levantá-la com as duas mãos. Pablo pula na coluna e coloca o nariz dentro dela. Ele fisga algo com os dentes e puxa para cima.

É um pincel!

Um pincel?

Tonatelli se debruça sobre a abertura da coluna e coloca a mão com cuidado lá dentro. Ele tateia à procura de algo, mas só consegue pegar um pedaço de couro enrolado, atado com um cordão também de couro.

O couro está protegendo um pedaço de papel, no qual está escrito algo invertido. É a letra de Leonardo. A mensagem veio dele!

Murmurando, Tonatelli decifra as palavras. Seus olhos não cansam de passar pelas linhas. Devagar, abaixa o papel. E retira com muito cuidado o pincel da boca de Pablo.

– Leonardo utilizou-o para pintar a Mona Lisa. O documento atesta isso. Ele mesmo escreveu.

Um pincel desses deve ser valioso!

– Se eu o expuser, com certeza virão muitas pessoas para vê-lo, e com o dinheiro da entrada posso pagar minhas dívidas – o senhor Tonatelli conclui, satisfeito. – Ou vendo o pincel. Com certeza alcançará um bom preço.

O senhor Tonatelli está feliz. O pincel é a sua salvação – e a do Museu da Aventura, que só você conhece. Delicadamente ele embrulha o pincel em seu lenço xadrez e o acaricia como se fosse um bebê. Pablo não se contém e arranha a perna de Tonatelli.

– Você não precisa ficar com ciúme – seu dono o tranquiliza.

– ATÉ LOGO!

Logo depois você está na rua. Pablo e o senhor Tonatelli estão olhando para você da janela.

– Muito obrigado! – diz o proprietário do museu.

Será que você viveu tudo isso de verdade?

Ou foi um sonho?

Ao descer as escadas, você sente algo duro batendo nas suas costas.

Foi jogado lá de cima, lá do telhado.

Salaino está parado junto às esculturas de pedra. Ele jogou os seus tênis de volta para você.

– Eles apertam meus pés! Fizeram bolhas – ele se queixa. Sua boca se abre num largo sorriso. – Mas você é legal!

Num piscar de olhos, ele some. Duas pombas aterrissam no lugar onde ele estava.

Há um ganido estranho junto aos seus pés. Pablo veio atrás de você e seu ganido soa esquisito porque ele está segurando um novo ingresso entre os dentes.

Ele chama a sua atenção raspando a pata na sua perna e estica o ingresso até você.

Pegue-o!

Com ele você poderá retornar em breve ao Museu da Aventura.

Com certeza alguma coisa muito vibrante estará à sua espera, pois ainda há muitas salas e quartinhos inexplorados.

Pablo late para você. Parece que está dizendo:

Estou esperando por você!

Então, até a próxima no Museu da Aventura!

Olá!

Vocês gostaram da visita ao **MUSEU DA AVENTURA?**

Manfred Baumann

Tive essa ideia quando, certa vez, me perdi num museu antigo e dei de cara com portas misteriosas que guardavam salas em que ninguém entrava. Desde que descobri tanta coisa sobre Leonardo, também estou sempre anotando coisas num bloquinho, e recomendo isso a vocês também.

É muito divertido observar, registrar e desenhar tudo. Tentem!

Além disso, daqui a pouco vocês vão poder viver uma nova aventura no museu do senhor Tonatelli! Já estou escrevendo a história!

Até breve,

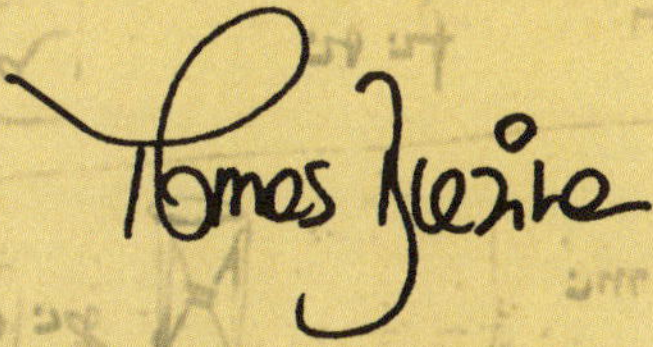

Thomas Brezina é chamado de "mestre da aventura" na China, um dos países onde seus livros invadiram a lista de mais vendidos.

Com suas histórias, ele fascina e alegra os jovens e pequenos leitores, além de tornar a leitura uma grande viagem.

Suas séries de maior sucesso, como *A Turma dos Tigres* e *Psssiu... É segredo!*, ambas publicadas pela Editora Ática, são traduzidas em dezenas de línguas.

Laurence Sartin

já ilustrou inúmeros livros infantojuvenis. Ele vive entre a França e Regensburg, na Alemanha, onde dá aula de desenho e ilustração na Akadmie Regensburg.

As obras deste livro

Capa, páginas 97, 98, 100	*Retrato de Lisa del Giocondo (Mona Lisa)*, 1503-1506 e mais tarde; Paris, Museu do Louvre.
Páginas 5, 12, 40	*Estudos para um parafuso aéreo*, 1487-1490; Paris, Bibliothèque de l'Institut de France.
Página 16	*Observações sobre a posição da asa do pássaro em relação ao vento*, 1505; Turim, Biblioteca Reale.
Página 16	*Observações sobre a mudança de direção durante o voo*, 1505; Turim, Biblioteca Reale.
Página 16	*Reflexões e estudos sobre o centro de gravidade dos pássaros*, 1505; Turim, Biblioteca Reale.
Página 18	*Vincent van Gogh, autorretrato com orelha enfaixada*, 1889; Londres, Courtauld Institut Galleries.
Página 18	*Albrecht Dürer, autorretrato*, 1500; Munique, Alte Pinakothek.
Páginas 18, 31	*Cabeça de um homem com barba (autorretrato)*, por volta de 1510-1515; Turim, Biblioteca Reale.
Página 19	*Pablo Picasso, autorretrato*, 1940; Colônia, Coleção Ludwig.
Páginas 19, 81	*Daniele da Volterra, Michelangelo Buonarotti*, por volta de 1548-1553; Haarlem, Teylers Museum.
Página 19	*Mozart*, detalhe de Johann Nepomuk della Croce, *A família Mozart tocando música*, 1780-1781; Salzburgo, Mozarteum.
Página 26	*A cabeça de Leda*, por volta de 1505-1510; Castelo de Windsor, Biblioteca Real.
Página 26	*Estudo de perfil de um homem com a cabeça coberta*, por volta de 1485-1487; Castelo de Windsor, Biblioteca Real.
Página 26	*Detalhe de estudo para a Última Ceia (Jacobus major) e esboços arquitetônicos*, por volta de 1495; Castelo de Windsor, Biblioteca Real.
Páginas 26, 60	*Detalhe do estudo de perfil de um velho e um jovem (Salaino?), que estão frente a frente*, por volta de 1500-1505; Florença, Galleria degli Uffizi, Gabinetto dei Disegni e delle Stampe.
Página 26	*Estudo de perfil de uma jovem*, por volta de 1488-1492; Castelo de Windsor, Biblioteca Real.
Páginas 34/35, 40	*Estudos para a construção de uma asa*, 1487-1490; Paris, Bibliothèque de l'Institut de France.
Página 39	*Estudo para uma asa articulada*, por volta de 1490-1495; Biblioteca Ambrosiana, Codex Atlanticus.
Página 39	*Esboço para um navio*, por volta de 1490-1495; Milão, Biblioteca Ambrosiana, Codex Atlanticus.
Página 39	*Mapa e cortes das casas da cidade com ruas elevadas e bicicleta*, por volta de 1487-1490; Paris, Bibliothèque de l'Institut de France.

Página 39	*Estudos para um automóvel*, por volta de 1478-1480; Milão, Biblioteca Ambrosiana, Codex Atlanticus.
Página 39	*Detalhe de projeto para uma ceifadeira e um tanque*, por volta de 1485-1488; Londres, British Museum.
Página 39	*Desenho de um moinho de grãos com pedaleira*, Codex Madrid.
Página 40	*Detalhe de esboços e notas para máquinas de voar e paraquedas*, por volta de 1485-1487; Milão, Biblioteca Ambrosiana, Codex Atlanticus.
Página 47	*Detalhe de estudos anatômicos dos movimentos de rotação do braço (pronação e supinação)*, por volta de 1509-1510; Castelo de Windsor, Biblioteca Real.
Página 60	*A Virgem e o Menino Jesus com Sant'Ana e São João Menino*, por volta de 1502-1513; Paris, Museu do Louvre.
Página 60	*Detalhes de estudos para o Menino Jesus* de *A Virgem e o Menino Jesus com Sant'Ana e São João Menino*, por volta de 1501-1510; Veneza, Galleria dell'Accademia.
Página 60	*Detalhe do estudo para A Virgem e o Menino Jesus com Sant'Ana e São João Menino*, por volta de 1501-1510; Veneza, Galleria dell'Accademia.
Página 60	*Detalhe do estudo do manto para a Virgem*, por volta de 1501 ou 1510/11; Paris, Museu do Louvre, Cabinet des Dessins.
Página 60	*Detalhe do estudo da cabeça de Sant'Ana*, por volta de 1501-1510; Castelo de Windsor, Biblioteca Real.
Página 60	*Detalhe do estudo do manto para o braço direito da Virgem*, por volta de 1501-1510; Castelo de Windsor, Biblioteca Real.
Páginas 60, 94	*Estudo do manto para o braço direito de São Pedro na Última Ceia*, por volta de 1495; Castelo de Windsor, Biblioteca Real.
Páginas 60, 94	*Estudo com mãos cruzadas (mãos de João)*, por volta de 1495; Castelo de Windsor, Biblioteca Real.
Página 62	*Madona de Benois*, por volta de 1478-1480; São Petersburgo, Ermitage.
Página 62	*Retrato de Cecilia Gallerani (Mulher com o arminho)*, 1489-1490; Cracóvia, Muzeum Narodowe, coleção Czartoryski.
Página 62	*São João Batista*, por volta de 1513-1516; Museu do Louvre.
Páginas 62, 71	*A Virgem dos rochedos (Madona com São João Menino e um anjo)*, por volta de 1495-1499 e 1506-1508; Londres, National Gallery.
Página 72	*Detalhe de um estudo de manto para uma pessoa sentada, vista de frente*, por volta de 1475-1478; Berlim, Staatliche Museen zu Berlin – Patrimônio Cultural da Prússia, Gabinete de Gravuras.
Página 85	*Esquema das proporções do corpo humano*, 1485-1490; Veneza, Galleria dell'Accademia.
Página 92	*A última ceia*, por volta de 1495-1497; Milão, Santa Maria delle Grazie, parede norte do refeitório.

Quem foi...

Leonardo da Vinci não sabia apenas desenhar e pintar. Ele foi também escultor, arquiteto, músico, cientista e engenheiro. Conheça mais sobre a vida desse homem extraordinário:

Leonardo nasceu em 15 de abril de **1452** na cidade de Anchiano, em Vinci, Itália.

Aos 17 anos, mudou-se para Florença com o pai e tornou-se aprendiz do pintor Verrocchio.

1482 Leonardo trabalha em Milão para o duque Ludovico Sforza.

1500 Retorna a Florença.

1503 Recebe a incumbência de retratar Lisa del Giocondo (Mona Lisa).

1506 Volta a Milão.

1513 Aos 61 anos, recebe um convite do rei francês para integrar sua corte, na época em Amboise, próximo a Paris.

Leonardo aceita e permanece por lá até morrer, em **1519**.